# チンダーレ

谷本　多美子

もくじ

# チンダーレ

郊外にある自宅から空港までは電車とバスを乗り継いで三時間かかる。出発の準備に始まって、乗り継ぎの時間を加え、ほぼ半日かかって集合場所となっている空港に到着した。出発の三日前に準備して預けたスーツケースを運送会社のカウンターから受け取って、予約してある航空会社のカウンター前の方に移動した。すでに通路の方まで搭乗客が列をなしている。少し前にチェックインが始まったのだ。一人なら躊躇することもなく列に加わるところだが、同行するメンバーが全員揃わないまでも、チケットを持っている誰かが現れるまでは待つしかなかった。心を決めて傍らの空いていたソファーに腰をおろすと、多佳はショルダーバッグから携帯電話を取り出した。友人の津山もと子から連絡があったときに備えてのことだった。

もと子から彼女が聴講生として通う神学校の「韓国ゴスペルツアー」に誘われたのは二か月前のことだった。あと三か月もすれば二〇〇三年は終わる。また一つ年を重ねる前に、何かしたい、と思っていた矢先だった。年が変われば還暦まで一年しかない。海外旅行も体力的に厳しくなるだろう。それなら今のうち、と旅の内容もよく確かめないまま、気安く応じたのだった。

受け入れ側の韓国の主催者は韓国のソウルに拠点を置いて、讃美歌やゴスペルソングを主に、韓国内だけでなく、アメリカやカナダでも音楽活動を行っているグループだとの情報は、もと子からのものだった。

「去年私たちの神学校で韓国の、『ゴスペルシンガーズ』という音楽活動をしているグループを日本に招待したの。今年は先方から招かれたのよ。今ちょうど神学校でもいくつかの行事が重なっていて、参加者が少ないから、神学生や聴講生でない方でも参加できるんですって。リーダーの今井先生が先週からイギリスにいらしていて、ぎりぎりになるまでお帰りにならないから詳しいことはわからないけれど、大原さんも一緒に行きましょうよ」

もと子からの電話に、気安く乗ったものの、少しだけ躊躇した。同居している父親の武次はもうすぐ九十歳になる。数年前までは気楽に留守にできたが、日増しに老いていく武次を一人にしておくことへのいくらかのためらいがあった。

「お父さん、私、短大のときの友人に韓国旅行に誘われているの。八日間家を空けることになるけれど、行ってもいいかしら。もちろんお父さんのお食事のことなんか、お弁当の宅配業者に頼んだり、私も温めるだけにして作っておくとかするわ」

「飯くらい自分で作れるよ。独身時代は自炊していたし、多喜枝とおまえを呼び寄せるまではずっと一人でやっていたんだから。それより、どうして韓国なんだ」

武次の最後の言葉に多佳は一瞬ひるんだ。父は韓国に対して一種の偏見をもっているようにも受け取れた。が、言い出した以上は後に引くわけにはいかなかった。

「お父さんにもお話したことがあるでしょう、津山もと子さんという方のこと。短大のとき一番仲がよくて、一緒に旅行に行ったりもしたのよ。もと子さんは音楽科で、私は家政科だったけれど、とても気が合ったの。彼女、何年も前から神学校で学んでるのよ。今度のツアーは神学校の研修旅行なの。私は部外者だけれど、参加してもいいんですって。それに韓国は国民の四〇パーセントがクリスチャンだそうよ。私はお母さんの影響で教会には行っているけれど、熱心なクリスチャンではないから、この機会にいろいろ学びたいと思っているの」

一方的な多佳の説明に対して、武次は深く追求してこなかった。追求する言葉を探しているのか、諦めたのかは定かではないが、無言になった武次の様子が多佳には気がかりだった。

母の多喜枝が亡くなってから、三十年以上が過ぎて、とうに母の年齢を超えてしまった。母が亡くなるときに「お父さんをお願い」と遺言のように言われて、はっきり引き受ける意思表示をしたからでもあるが、父と二人の生活以外のことは考えないようにして生きてきた。多喜枝は「あなたも自分の幸せを考えてね」とも言った。父親の扶養家族になって、家事をして、時々旅行をしたり、コーラスのグループに入ってコンサートに参加したり、結構忙しく、充実した生活を送っているつもりでいた。多喜枝に遺言されたように、幸せな人生を送っていると思っていた。

このごろ、武次の老いが急に進んだようにかんじる。

武次の老いと自分の老いとは歩調が合ってきたようにもかんじる。老いていく自分自身を意識するようになって、なぜだか空しさを覚える。父を見送った後は、一人で老いと向き合いながらその先にある死を見つめて生きなければならないのだ。一度結婚に失敗してから、再び誰かと人生を分かち合っていこうと考えもしなかったのだから、当然のことなのだが、自分で選択した人生と今ごろになって折り合いがつかなくなってきた気がする。

少し前までは、人間死ぬときはどうせ一人だから、とまだ開き直る体力があった。この変化は若さとか体力とかと決別する節目なのかもしれない。だとしたら、人生に悔いを残さないためにも、父が反対しない以上参加することにしよう、と多佳は無理に自分を納得させて参加を決めたのだった。父に承諾をとるというより、事後報告のようになってしまったが、一応伝えてみて、父が心から賛成しているのではないことが、微妙な言葉遣いからかんじられたが、正面きって反対はされなかったので、心に引っかかるものを抱えながらも自分の希望を通すことにした。

もと子の説明では、韓国のいくつかの教会を訪問したり、ゴスペルシンガーズと一緒にコンサートをしたり、聖書の世界の「カルメル山」という名がつく山の上の祈祷院や、ソウルの神学校にも見学に行くらしかった。

「毎日移動があって、結構ハードな旅になりそうよ」

「まさか、中にはシニアがいるのに、スーツケースを持って山に登りなさい、なんて言われないわよね。その祈祷院というのはどんなところかしら。毎日移動があっても疲れたときは出かけないで休んでいてもいいのよね」

もと子が言う、ハードな旅、がどの程度にハードなのか、多佳には見当もつかなかった。讃美歌やゴスペルソングには日ごろ触れる機会も多い。ゴスペルツアーという名目が、多佳の心を動かした理由の一つでもあった。


列がずいぶん長くなった。予定では空港に到着する時間はもと子たちとあまり違わなかった。少しだけ多佳の方が早かったのだが、少しでも待つ身には長くかんじられる。まだかしら、と腰を浮かしたとき、人混みの中にもと子の姿が見えた。もと子は小柄で丸顔のせいか、二人で並んで歩くと彼女の方が年下に見られる。もと子の傍らの六十代初めくらいに見える女性は平野さき子かもしれない。もと子と同じ神学校で、やはり聴講生として学んでいると、もと子から聞いている。

立ち上がって多佳はもと子に手を振った。もと子も気づいて振り返してきた。

「お待たせしました。はやかったのね」

近くまで来るともと子がソプラノの声であいさつ代わりの言葉をかけてきた。

「平野さんをご紹介するわ」

一緒に並んで歩いて来た女性を紹介された。やはりそうだった。一見してさき子は自分より年上だと思って、多佳は安堵した。この旅がさき子の年齢に合わせて流れていくことは、もう決まったようなものだ、と思った。

「もうチェックインが始まっているけど、チケットはいつ貰えるのかしら」

不安になって多佳はもと子にもさき子にも聞こえるように言った。

「小山先生がみなさんの分を全部持っていらっしゃるの。もう少し待ってみましょう」

もと子は落ち着きはらっている。もと子が慌てふためく姿を多佳は見たことがない。ときには頼もしく、一方では苛立ちを覚えることもある。が、そんなときはもと子にも伝わるらしくて互いに無口になる。一時気まずい雰囲気に陥っても、絶交もしないで友人関係を保っているから、もと子の方を、いい性格、と言うのだろう、と多佳は思ってもいる。

小山みな子は、もと子やさき子の通う神学校を卒業して、神学校の母体となるキリスト教会の伝道師をしている、ともと子から聞いている。もう少し待つといっても早くしないと、座席のいいところは埋まってしまう、と多佳が心を騒がせたとき、痩せ過ぎ、と形容詞をつけてもいいほど細い四十歳そこそこに見える女性が影のように、もと子とさき子の背後から現れた。

「あら、小山先生」

もと子が気づいて声をかけた。半袖のサマーセーターから出ている両腕が小枝のように細い。この人が伝道師……、多佳は一瞬戸惑った。繊細さと逞しさが同時に求められる牧師や伝道師は、太っていなくてもいいが、逞しくなければという思い込みが多佳にはあった。事実みな子よりも華奢な教職者に、多佳は出会ったことがない。

もと子に名を呼ばれて、小山みな子は体つきに似合ったか細い声で誰にともなく、おそらく本人は一人ひとりにのつもりだろうが、あいさつした。多佳ももと子からみな子に紹介された。みな子は好意的な微笑と一緒に多佳に向かって軽く頭を下げて、チケットを手渡してきた。多佳もありきたりの言葉を添えてあいさつを返した。まだ、みな子についてもさき子についても会ったばかりで、彼女たちの背景は何もわかっていない。気の利いたあいさつの言葉など多佳にはかけられるはずもなかった。

みな子から渡されたチケットとパスポートを手に持って女性たち四人、ようやく列に加わった。多佳が家を出てから四時間が過ぎようとしていた。

「そういえば神学生たちはどうしたかしら」

列に並びながら、さき子がみな子に聞いた。

「彼らには少し前に会ったので、先にチケットを渡しました。もうチェックインを終えているはずです」

みな子が相変わらずか細い声で答えた。

「リーダーの今井先生も先に行かれたのでしょうか」

今度は多佳が誰にともなく言った。多佳だけが神学校とは関わりがないので、細かい打ち合わせには参加していない。もと子から電話で受けていた情報も、全部が伝わっているわけではないし、多佳の頭の中もよく整理されていない。もと子がいればどうでもいいようなものだが、神学校とは関係のない立場の者としても、リーダーの所在をはっきり確認しておきたかった。

「今井先生ともう一人、今井先生の教会の大学生の男の子は、関西空港からいらっしゃるの」

もと子が友人としての責任をかんじてか、答えた。

出国審査がすみ、四人そろって搭乗口前に移動した。近くに免税店やトイレもあったが、四人とも示し合わせたように空いていたソファーに向かい合って腰を下ろした。さき子が先ほどから手に提げていた紙袋の中から包みを取り出して、もと子とさき子のあいだの空いていた椅子の一つに広げた。手製の稲荷寿司や海苔巻や、漬物が詰まっていた。朝早く起きて、夫の分も一緒に作ったのだと言った。

「神学生たちにも食べさせてやろうと思って。あの子たちいつもお腹すかしているから。たくさん作ってきたから、遠慮しないで食べてね」

飛行時間は二時間余りだが、国際線だし、昼食の時間帯だから機内食が出るはずだと思ったが、勧められるままに多佳も海苔巻を二つ三つ摘んだ。驚くほどいい味だった。漬物も何種類かの野菜の味が混じり合って、まろやかで優しい味がする、と多佳は幸福感に浸った。さき子の夫も子供たちも毎日このようなもてなしを受けているのだろう、と羨ましくも思った。若いうちに結婚して、短いあいだに破局を迎えた多佳にとっては、長年家事や炊事をしてきたとは言っても出せる味ではないし、それ以前に料理の腕を磨こうなどと思ったこともない。父親と一緒だと、適当、も通用する。多佳が出かけて遅くなったときなど武次が食事の支度をすることもある。母の多喜枝が亡くなってから、大原家の食卓はすっかり大雑把で適当になってしまった。それでも三十年以上ものあいだ、父も自分も病気らしい病気もしないのだから、それほどひどい食生活をしているわけではないのかもしれないと、多佳は反省したり、自分を慰めたりしていた。

もと子やみな子がつまんでも、弁当はまだたくさん残っていた。さき子が包みをしまいかけたとき、彼女のもてなしの対象となるはずだった三人の若者が目の前の階段を下りて来た。「まこととみのるの兄弟と、つよしだ」ともと子に紹介された。兄のまことは二十代半ば、弟のみのるは前半に見える。つよしは三十代半ばくらいだ。まこととみのるは兄弟がほかにもいるのかどうか、どちらであっても息子二人を神学校にいかせている親はどういう人たちなのだろう。多佳は自分と同じくらいの年代だと想像して、負けたような気持ちになった。

つよしは一度社会に出て、何かのきっかけで神学を学ぶようになったのだろう。この想像は全く外れていないと多佳は確信をもった。周囲にはつよしと同じような経歴をもつ牧師や伝道師が数多くいるからだ。まこととみのるの外見はどこでも見かける現代風の若者だった。つよしは髪型も服装も二人よりはずいぶん落ち着いて見える。

さき子がもう一度包みをほどいて、三人に勧めた。

「今そこで食べてきたばかりで、お腹一杯です」

兄のまことが代表して、申しわけなさそうに言った。

さき子ががっかりして心を込めて作ってきた食べ物をしまい込んでいるうちに、搭乗の時間になった。漸く関東からの参加者が全員そろって搭乗口に並んだ。このメンバーたちとなら、うまくやっていけそうだ。多佳は自分の居場所を見つけたときのように安堵感を覚えていた。

機内はほぼ満席だった。格安航空券だからだろうと多佳は推測した。同じグループのメンバーと並んで座ることはできなかったが、それでも座席に落ち着くと、それまでの緊張感から解放された。もう乗り遅れる心配はない。耳栓をして離陸に備えた。毎回経験することだが、轟音と一緒に機体が浮き上がるときの耳の痛みは耐えがたい。

高度が安定すると急に眠気が襲ってきた。いくらかまどろんだが、不安に眠りを破られた。やり残したことがあった。出発の日が迫って、今井先生から送られてきた印刷物に、目を通さなければ、と思いながらもぎりぎりまで家の中を走り回るほどの忙しさに、まだ封筒から出してもいなかった。仁川空港までは二時間を切ったが、まだ十分時間はある。座席下の手荷物から茶色の分厚い封筒を取り出して封を切った。合計十枚の印刷物の一枚目は今井先生の挨拶状だった。

このたび、韓国のクリスチャンのみなさまから温かいお招きをいただいて、この幸いな旅の実現に至りました。私どもにとってこの旅は特別に意義の深いものであることを思わずにはいられません。

韓国と日本には消すことのできない大きなわだかまりがあり、それは深い溝となって現在も横たわっております。韓国の主《しゅ》にある兄弟姉妹はその深い溝を、主にあって乗り越えて私たちに愛の手を差し延べてくださっていますが、彼らが乗り越えておられるその溝に関して、私たちが無知無関心であっていいはずがありません。

日韓関係の大きな問題は、日本が過去にいかに大きな過ちを韓国に対して犯したか、その事実に対してどれだけ日本人が認め、反省し、謝罪をしたか、です。ここに日韓関係近代史の中の出来事をいくつか拾い出してみました。これだけは知らなければならない、知ってほしいと思う事柄を並べました。ぜひ読んでおいてください。私たちは知っておかなければならないことを知らされないできました。教育の場でも教えられてはきませんでした。

日本人として真に悔い改め、主の哀れみを祈り求め、愛する韓国の兄弟姉妹と意義ある交わりをもつことができますようにと願って止みません。

今井先生の挨拶状は深刻だが、いきなり反省や謝罪といわれても、多佳には理解できないことだった。半ば義務感から二枚目をめくった。次のページからは「日韓近代史略年譜」だった。数冊の書籍名が参考資料として挙げられていた。一五九二年、豊臣秀吉の朝鮮の役から始まって、一九四八年の大韓民国成立まで、二ページに亘って記されていた。次第に体が重くなっていくのをかんじながら、「朝鮮半島に対する日本の植民地支配の実態」へと読み進んだ。

一九一〇年から三六年間に及ぶ日本の朝鮮に対する植民地支配を日本は建前として、同化政策と言った。朝鮮《チョソン》は外国ではなく、朝鮮人《チョソンサラム》は外国人ではないという建前から、朝鮮人から民族意識を抜き取り、日本人化するという政策だった。そのときに出された明治天皇の詔書には、天皇が朝鮮の民を内地人と同じようにみなし（一視同仁）、天皇の「臣民」として差異がない、と記された。当時の原敬首相は声明書の中で「朝鮮は日本の版図にして属邦にあらず、植民地にあらず、すなわち日本の延長なり」と言い、長谷川好道朝鮮総督は「朝鮮はすなわち帝国の版図にしてその属邦にあらず、朝鮮人は即ち帝国臣民にして内地人と同等差別あるにあらず、従って朝鮮の統治、またことに同化の方針に基づき、一視同仁の大義にのっとり、あえて偏視なきを期せり」と言っている。

しかし、日本が言う「一視同仁」とは、朝鮮人に対して日本人としての権利は何も与えずに、義務のみを押し付けるものであり、彼らの民俗意識を抜き取って、肉体のみならず精神までも奴隷化しようとするものだった。そして本音の部分は朝鮮を全く隷属させ、自分たちの私有物であるかのように取扱い、彼らの人権、尊厳、国権などをすべて踏みにじるものだった。

突然にこのような文言を読み、多佳の頭の中は混乱していた。生まれて間もなくから、中学を卒業するまで母と住んでいた地方の小さな集落にも、両親が韓国籍の同級生や、韓国人と結婚した村人の女性がいた。確かに彼らの生活は貧しいと断言できたと思う。一人の同級生の両親は廃品回収の仕事をしていた。村人の女性の夫は土木工事現場で肉体労働をしていた。あの時代、日本人でも学校に弁当を持って行けない子供たちは珍しくなかった。

小学校の低学年のときだった。クラスに山の方の開拓民の子供が一人いた。昼食の時間、いつも子供たちは粗末ではあったが、持たされた弁当を、それでも夢中で掻き込むようにほおばっていた。麦混じりの黒いご飯に小さな梅干しがいくつか並べてあるだけだったり、海の方の子はやはり麦飯の上に、鰺か鰯の煮付けが一匹のせてあるだけだったりとかでも、慢性的な空腹には十分と言えないまでも、一時的な満足感は味わえた。あの男の子に与えられた選択肢はただ一つ、弁当がない辛さと空腹感に、机に顔を伏せて耐えることだった。あの少年を、若い新任の女性教師がどう扱っていたのか、多佳には記憶がない。陰でこっそり助けていたかもしれないし、放置しておいたかもしれない。後者だったら、辛すぎる。必ず前者であってほしい。

多佳はあの教師を慕っていた。特別に可愛がられている、と意識することもあった。彼女は二学期から学校に姿を見せなくなった。代わりに来た教師は、彼女が病気で遠くの大学病院に入院している、と言った。頭を短く刈った中年の小太りの男性教師は教頭でもあった。

彼の怖さは全校に知れ渡っていた。低学年の子供にさえ容赦なく体罰を加えた。多佳も体罰の現場で恐ろしさに震えた。教頭は弁当も持たされないほど貧しい子供になど感心を払う様子は見られなかった。

あの机に顔を伏せて昼食の時間が過ぎるのをやり過ごしていた彼には大人になってからもクラス会などでも会うことはなかった。どんな人生を送っているのかと、ときおり思うことがある。日本中の国民が空腹から抜け出すことで精一杯だった時代に、日本が韓国に何をしてきたのか、知らされたとしても心を痛める大人はどれほどいたのだろうか。子どもと二人、夫の実家に身を寄せて、慣れない農作業にも寡黙に耐えていた母の多喜枝は知っていただろうか。知っていたとして、彼女ならどうかんじただろうか。さらに今井先生のレポートは続く。

日本が韓国から奪った七つのこと

一、王を奪った

日本は朝鮮《チョソン》から李王朝最期の皇太子英親王《ヨンチンワン》を、日本に人質として連れて来た。

二、土地を奪った

土地の登録制度の施行に際し、申告義務を充分説明しないまま、広大な土地を農民から国有地として取り上げ、それを日本の会社や日本人に安価で払い下げた。

三、米を奪った

朝鮮《チョソン》の農民は、自分で作った米はほとんど内地の需要に回され、満州の粟や高粱を与えられた。

四、生命を奪った

一九〇五年（明治三八年）の韓国保護条例から一九一〇年（明治四三年）の韓国併合を経て一九四五年（昭和二〇年）の解放までのあいだに、日本の弾圧によって殺害された人の数は、約十二万人と言われている。

五、姓名を奪った

一九三八年（昭和一三年）に「内鮮一体」の方針の具体的な方策の一つとして「創氏改名」が発表された。朝鮮《チョソン》民族にとって姓名は家系と家系内世代を表す重要なもので、これを日本流に改名することは耐え難いことだった。そのような伝統的価値観を失わせようとする試みは、非人道的、非文化的行為だった。

六、ことばを奪った

一九三八年以降、小、中、女学校において、朝鮮語《チョソングク》の教育が事実上禁止され、「国語」として日本語のみが朝鮮人《チョソンサラム》に対して強制された。一九四二年から四三年には朝鮮語学会を弾圧して多くの朝鮮人学者を逮捕し、激しい拷問によって、二人を獄死させた。

七、人間とその尊厳を奪った

太平洋戦争中、陸海空軍の軍人、また軍属として徴兵され、戦場に送られた朝鮮人《チョソンサラム》は二三万人に及んだ。また多くの女性を「従軍慰安婦」として強制的に戦地に連行し、彼女たちの人権、品格、貞節を奪った。その数一四万人にも及ぶといわれている。また二〇〇万人におよぶ壮青年たちが労働者として強制的に内地に送り込まれた。

貧しい身なりでリヤカーを引き、家々を回っていた同級生の両親も、村の女性と結婚した男性も、強制的に日本に連れて来られたのだろうか。文字から目を離し、少しのあいだ多佳は遠い昔に思いを馳せた。

同化政策によって韓国人であることを捨てなければならなかった韓国の子供たちも、毎朝、

一、私どもは大日本帝国の臣民であります。

二、私どもは心を合わせて天皇陛下に忠義を尽くします。

三、私どもは忍苦鍛錬して立派な強い国民となります。

と、他国の天皇のために、「皇国臣民の誓詞」とやらを斉唱させられたのだろうか。

多佳は恐怖を覚えていた。偉くもない大人が偉そうに子どもに強制する姿は、子どものころの記憶に残っている。教師の体罰で鼻血が出たり、前歯が折れたりした同級生もいた。多

佳が生まれたのは戦後だが、戦前からの悪質な教師はまだ学校には残っていた。教師たちは父や母と同じ年代だった。父の武次も母の多喜枝も日韓関係について詳しく知っていただろうか。知っていたとしても生きることに必死で、考える余裕もなかったのだろうか。それとも……、日本民族は優れているから劣等な民族を支配するのは当然、と頭に刷り込まれ、信じていたのだろうか。出発前に父が言った。

「何故韓国なんだ？」

どういう意味があったのか、と多佳は思い返していた。父はともかく母の多喜枝は……。母は誰に対しても分け隔てがなかった。廃品回収で家々を回ってくる同級生の両親や、韓国人と結婚した集落の女性やその子どもたちに対しても。心の中はどうだったのだろうか。今となっては知るよしもないが、多喜枝が生きていたとしても多喜枝に確かめる勇気はなかったかもしれない。

最後のページは一人の女性の証言だった。

――私は一九二五年、韓国京畿道の農村で生まれました。国民学校五年のとき、担任の森先生が私の家を訪ねてきて、私が韓国の国花木槿を刺繍して作った朝鮮半島の地図を見つけて大変褒めてくれました。そして、

「日本地図を作ってくれ」

と言いました。私は嬉しくなって、チンダーレ（躑躅《つつじ》の一種）の花を刺繍した日本地図を作って学校に持って行きました。森先生は、

「とても美しく刺繍してくれた」

と喜んで、教務室に飾ってくれました。数日後、授業中に「教務室に来い」と呼び出しがありました。行ってみると日本人の警察官がいて、

「おまえは小学校五年にもなって、我が国の国花を知らないのか！」

と、怒った顔で言いました。私は怖くて震えながら、

「桜の花です」

と答えました。

「なぜ、日本の地図に桜の花ではなくつつじの花を刺繍したのか！」

「……つつじの花が好きだから刺繍しました」

長い冬のあいだ色を失っていた里山に、春一番に咲く薄桃色のあの花が、私は大好きでした。貧しくても、ひもじくても、チンダーレは春を告げてくれます。暗闇にほのかな灯りが点ったようで、チンダーレが咲くと、私は気持ちが明るくなったものでした。

「おまえの思想はおかしい！」

警察官に怒鳴られながら、私は隣の警察署の宿直室に引っ張って行かれました。そこで警察官がいきなり私に覆いかぶさってきました。私は恐ろしくなって、警察官の耳に噛みつきました。あっ、と叫んで警察官は私から離れました。それで終わりではありませんでした。今度は別の警察官がやってきて、取調室に連れて行かれました。そこで警察官に、両足に電線をぐるぐる巻かれました。あっと思ったときは、冷たい水をかけられたような衝撃が全身に走り、体がびりびり痺れました。

「お前の父はどこに行ったか」

私の家は子供が多く、貧しい暮らしをしていました。父《アボジ》はあまり働かなくて、家にもあまり寄り付きませんでした。何をしていたのか、子供の私にはわかりませんでした。母《オモニ》が一人で苦労していました。警察はアボジを反逆分子と見ていたようで、私に居場所を聞き出そうとしたのです。何度聞かれても、知らないのですから答えようがありません。そのたびに拷問は繰り返されました。電気拷問が三度、その次は爪のあいだに竹串を突き刺されました。肩と首に真っ赤な焼き鏝を押し当てられて、しまいには自分の肌が焼け焦げる匂いで失神してしまいました。

それから幾時間幾日経ったのかわかりませんでした。意識を取り戻したとき、隣に私より少し年上に見える女性がいました。

「ここはどこですか」

と聞くと、その人は、

「日本《イルボン》の福岡というところだよ」

と教えてくれました。

「イルボン……、フクオカ……、何をするところですか」

「二、三日したらわかるよ」

とその人が言いました。

私が連れて行かれたところは、日本の福岡というところで、そこは日本の軍隊が交代する補充所で、その兵隊たちのために夜も昼もなく、一日に二十人から三十人、土曜日には四十人から五十人の軍人を相手にしなければならない、性の共同便所であることを知るのに、時間はかかりませんでした。まだ子どもだった私が、次々に覆い被さってくる兵隊たちの下で、恐怖と、痛みと、悲しみと、屈辱に耐えなければなりませんでした。

それから私は慰安婦として、福岡、神戸、大阪、和歌山と、日本各地を強制的に連れて歩かれました。二十七名の女性たちが一緒でした。全部が韓国人でした。そこで私は八番という番号で呼ばれていました。性の共同便所の報酬は酷い性病でした。子宮から膿が出たり、血が出たりして苦しんでいる私たちに、無慈悲にも兵隊たちは何度も襲いか

かってきました。始め私に、日本の福岡だと教えてくれた女性は七番でしたが、その人は、体の痛みに耐えられなくなって、

「かんべんしてください！」

と哀願しました。聞き入れられる代わりに、その人は銃剣でお腹を刺されて、亡くなりました。五番の人も死の恐怖の前に痛みに耐えられなくて拒んでしまいました。色の白い、肌のきれいな人でした。その人は、乳房を抉り取られました。

私たち慰安婦は虫けら以下の扱いを受けていたのでした。それでも私は、オモニにもう一度会うまでは、死んでも死にきれませんでした。だから、歯を食いしばって、日本人たちを、殺してやりたいと思うほど憎みながら、耐えたのです。

一九四五年の終戦は和歌山で迎えました。慰安婦として、「性の共同便所」で働かされて六年が経っていました。それから大阪の工場で八年間働かされて、一九五三年、ようやく帰国できました。まだ初潮も見ない小学校五年生で連行されてから一四年も経っていました。帰国する前に、長年苦しんでいた梅毒の後遺症のために、子宮の摘出手術を受けました。七十一歳の今、こんな白髪のおばあさんになってしまいました。今もまだ竹串で刺された爪のあいだや、焼鏝を当てられた肩や首の傷跡が痛みます。両足に受けた電気拷問の後遺症で今も足が不自由です。

五年生のときの担任の森先生は、「いつも正直たれ、素直たれ、勤勉たれ」と言い続けていました。この三つの言葉はイルボンニン（日本人）の先生から教わりました。そのイルボンニンの森先生は私が強姦されそうになったときも、拷問を受けているときも、顔さえ出してくれませんでした。

もし、韓国政府が日本人女性を私たちと同じように韓国軍の部隊に監禁して、性の共同便所にしてしまったら、日本の女性たちはどう思うのでしょうか。自分とは関係のないことだからと無関心を装うのでしょうか。戦争のときなのだからしかたがないとでも言うのでしょうか。

なぜ、私だったのでしょうか。花ならば蕾のうちに踏みしだかれて、人間として生きる権利を奪われて、必死で消そうとしても消えない記憶にさいなまれて、憎しみを抱えて、それでも生きていかなければならないのです。

死んでしまった方がどれほど楽だったかと思います。七番の人のように銃剣で突き刺されて、五番の人のように乳房を抉り取られて。怖いのは一時なのですから。

でも死ねませんでした。オモニに会うまでは。体中を汚されて、子宮を抉り取られて、もう女とは言えない体になっても、オモニはあのざらざらした温かい手で強く胸に抱きしめてくれる、そうして欲しくて、帰国してまっすぐにオモニに会いに行きました。

私の呼ぶ声が聞こえたら、転がるようにして飛び出して来るはずのオモニは、いっこうに現れませんでした。声が嗄れるまで呼んでも、もうオモニに会うことはできませんでした。私が突然姿を消してから、毎日泣き暮らして、オモニの体は弱り果てて、私が帰るのも知らずに死んでしまったのでした。ただ一つの望みも絶たれて、今日まで、兄弟姉妹や世間の人々の偏見と差別の目から身を隠して、ひっそりと暮らしてきました。

証言が行われた日付から数えると十年以上前のことになる。彼女がまだこの世に存在しているとしたら、今でも過去の忌まわしい記憶の中でもがいているのだろうか。制しきれない激しい感情が多佳の内に湧いてきた。それは殺意にも似ていた。長いあいだ封じ込めてきた記憶を、乱暴に蘇えらされた怒りでもあった。

母の多喜枝と二人、父の生家で暮らしていたときのことだった。多佳の主な遊び相手は一つ年下の従妹だったが、時には近所中の子供たちが集まってかくれんぼや缶蹴りなどをして遊ぶ中に入れてもらえることもあった。まだ小学校に入る前の多佳と従妹は要領が悪く、かくれんぼでも缶蹴りでもすぐに見つけられた。あの日は秋の収穫の時期で、脱穀の終わった稲藁がどの家の納屋にも積まれてあった。どうしたわけかいつも行動をともにしていた従妹とはぐれて、多佳一人が隠れ場所を探してさまよっていた。気がつくと隣の家の納屋の近くにいた。

「こっちにおいで！」

多佳が、おっきいお兄ちゃんと呼んでいた隣の家の青年が、納屋で手招きしていた。一人息子が戦死して、働き手のいない隣の家に雇われていた青年だった。年が違うので顔見知り程度の関係でしかなかった。知った顔という安心感があった。人を疑うこともまだ知らない幼少だった多佳は、招かれるままに納屋に入って行った。

積み上げられた藁束の陰に隠れていっとき安堵した。が、すぐに忌まわしいことは起こった。男に後ろから抱きすくめられ、藁の上に寝かされた。男の手が多喜枝の手作りの下着にかかり、乱暴に下ろされた。そのとき、多喜枝の悲痛な声が耳に届いた。気のせいかもしれなかったが、幼い多佳に判断する能力はなかった。

「お母さん！」

無意識のうちに叫んでいた。

自分の体を、まだこの世に生を受けて四、五年しかたっていない幼女に押しつけようとしていた男は、動揺してすぐに多佳から離れた。そのとき、納屋に一条の光が差し込んで、

「多佳！」

と、呼ばれた。弾かれたように起き上がって母の胸に飛び込んだ。

「あなた、うちの娘に何をしたんですか！」

多喜枝の剣幕の凄まじさを、多佳はそれまでに見たことがなかった。

「何もしていない……」

男は悪びれて言った。

「二度とこの子に近づいたら承知しませんからね！」

多喜枝の声も体も震えていた。今にも男を殺しそうな勢いだった。怯えていた多佳は、多喜枝の胸に強く抱き締められた。何が起きたのかわからないまま、あのときはただ激しく泣きじゃくった。ひとしきり泣くと恐怖が消え去ったようにかんじた。が、恐怖は消えても、記憶は残った。未遂だったとわかるようになっても心の傷は消えなかった。

あの男は暫くの後、夜中に伯父の家に盗みに入り、当時は貴重だった伯父のワイシャツやメリヤスの上下などを盗んですぐに警察に捕まり、二度と村に現れることはなかった。こそ泥のようなことしかできなかったあの男を、多佳は今も憎んでいる。最も悲惨な目に遭って死んでほしいとさえ思っている。許してしまえばどれほど楽かと思うが、記憶は容赦なく蘇る。ただ一人の男さえ許せないというのに、不特定多数の、猛獣と化した男たちに心も体も蹂躙された女性は、いったい誰を恨めばいいのだろう。猛獣たちも、戦争が終われば、普通の、夫、父、兄弟、恋人なのだ。彼らもまた国家の、消耗品、でしかなかったのだ。やりきれない思いが突き上げてくる。

無邪気に花を愛で、その花が好きだから刺繍にして、理不尽にも咎められて、抗えない悪魔の力にねじ伏せられて、人生の大半を絶望と怒りと恨みに翻弄されて生きる女性の生涯に、どんな意味があると言うのだろう。

でも、生きなければならないのだとしたら、残された人生がわずかであったとしても、生まれてきてよかったと、一瞬でもいいから思って生きて欲しい、あのチンダーレの花を待ちわびる心を取り戻して欲しい、もし、この世にいないとしたら、幼い頃の貧しくても幸せなときを思い出して欲しかった、と多佳は自分と重ねて祈るような気持ちで思うのだった。

手をつけないでいた食事はいつのまにか片付けられて、到着の時間が迫ってきた。機体が高度を下げ始めた。今井先生からの分厚い印刷物を丁寧に折りたたんで封筒に収めてから、手荷物の中のファイルに挟んだ。機体と一緒に多佳の心も体も重く沈んでいくのだった。

# オ・モ・ニ

仁川空港での入国審査を、多佳は機内から引き摺ってきた重い心で受けた。若い男性の審査官は一通り、しかもあっさり目を通すと勢いよくスタンプを押し、パスポートを返してよこした。あまり簡単で拍子抜けしそうだった。還暦近い古びて見える女など、申告書類に文字の間違いなど多少あったとしても、問題にもされないのだろう。それとも、こんな老女に悪事は働けない、と見くびられているのだろうか、と思って多佳は内心苦笑した。

到着ロビーには、すでにリーダーの今井先生と、大学生よしやの姿があった。多佳はもと子に紹介されて、初めて二人と顔を合わせた。「韓国と日本にまたがる『深い溝』の資料を送ってきた今井先生に会うまでは、いくぶん緊張していたが、長身で痩せぎすで飄々とした今井先生の風貌が、多佳の心をほぐした。大学一年のよしやは、背は今井先生と並ぶくらい高いが、顔にはまだあどけなさが残っていて、人擦れしていない笑顔を多佳にも向けてきた。総勢九名、重いスーツケースを引き摺りながら、お互いを見失わないよう意識して、出口へ向

かった。到着ロビーの出迎えの人々の視線が、九名の日本人たちにも注がれる。誰もが待つ相手を探している。人波の中に、

WELCOM TO KOREA
GOD BLESS JAPAN
GOSPEL SINGERS

と書かれた横断幕を持った小さな群れがあった。この旅の受け入れ側のゴスペルシンガーズのメンバーたちだった。出迎えていたのは、リーダーの、イ・ヨンキル牧師、キム・ジンキ牧師と妻のスンヒ、ほかにチョン・ソンイと妹のソンギ、もう一人はこれから八日間の旅の途中まで運転を引き受けてくれる体格のいい、中学時代、両親が廃品回収の仕事をしていた同級生をどこか彷彿とさせる青年だった。彼はソン・スンといった。イ牧師のほかはみな若者だった。キム・ジンキは若者の部類に入るが、牧師として苦労しているからか、態度は老練の牧師のように落ち着いていた。出発前にもと子から若者中心の研修旅行、と知らされていたが、今韓国の人々を前にして、多佳はその意味を理解した。

彼らの表情からは、多佳には、わだかまり、はかんじられなかったが、内心では緊張して

いた。もと子も、もと子の友人のさき子も、伝道師の小山みな子も、よしややほかの神学生たちも、今井先生の文書は読んでいるはずだ。いったい彼らはどのようにかんじているのだろう。

多佳の思惑をよそに、今井先生と先方のリーダーのイ・ヨンキル牧師が手を握り合って再会を喜んでいる。もと子とさき子を含む神学生たちも、今井先生とイ・ヨンキル牧師にならって、若いゴスペルシンガーズのメンバーたちと喜びのあいさつを交わしている。多佳とよしやは少し離れたところで彼らを見守った。よしやは今井先生の教会のメンバーだが、韓国側ともともと子たちとも、初対面ということでは、多佳と立場が同じだ。

お互いの国の、ごく少数の人々による歓迎と、謝意表明のあいさつが終わると、イ牧師のリードで、横断幕を前に写真撮影をすることになった。自分は部外者、という意識があったので一人群れから離れて立っていると、もと子に、

「大原さんも一緒よ」

と呼ばれて多佳も後ろの端に加わった。

よしやはすでにグループの中に溶け込んでいる。若いということもあるが、人なつっこい性格なのだろう。きっと両親や周囲から愛情をたっぷり受けて育ったに違いない。両親にも、周囲にも愛されて成長したと自覚している多佳は、自分にはないよしやの性格を少し羨んだ。

カメラを持っている者たちが交代で写し合った。多佳はまだフィルムのカメラを使っていることに引け目をかんじて、撮影する側にはならなかった。それだけでもなく、少し前からもう写真は増やさないことに決めていた。武次がいなくなったら、一人の老後を送らなければならない。必要最小限度のものだけ残して、身辺を整理しなければならないときが必ずやってくる。今から少しずつ準備に取りかかるつもりになっていた。

記念撮影がすんでお互い少し打ち解けたところで、イ牧師を先頭に駐車場へ向かった。多佳の目には巨大、と映った駐車場をひっきりなしに車が往来する。油断をするとひき殺されてしまいそうな勢いだ。満車に近い駐車場の片隅に、真新しい一台の白いワゴン車が止まっていた。車体に、GOSPEL SINGERS、と書かれてあった。

「この車、私たちを迎えるために新しく買われたそうよ。さっき今井先生とイ先生が話していらしたわ」

もと子が小声で、多佳にもさき子にもみな子にも聞こえるように言った。新車を購入して外国からの訪問客を迎えるゴスペルシンガーズとは、どういうグループなのだろう、と多佳は自身が加わる合唱団と比較して思った。

「そうだとしたら、ものすごく歓迎されてるのね。私たち」

多佳の感想を誰も否定しなかった。

「みなさんに、今日から明日にかけての予定をお伝えします」

疑いもなく新車に乗り込もうとした一行に、イ牧師が改まって言った。

「今日はまずここからソウルに向かって四キロくらい移動して、レストランで食事をします。私たちの知り合いの方のレストランで有名な韓国料理をご馳走します。その後『主イエスサラン教会』で短く礼拝をして、サウナに行きます。汗を流した後、二時間ほど仮眠をして、午前二時に出発してソウルタワーに寄り、それから五万人集まるユンサム教会の早朝礼拝に出席します。いいですか。朝早く起きるよりも寝ていたい人いますか」

英語が苦手でも、イ牧師の説明はわからないでいるわけにはいかなかった。レストランで食事をして、主イエスサラン教会というところで短い礼拝をして、サウナに行って、とここまでは納得できる。だが、その後午前二時に起きて、からはなぜそうしなければならないのか、多佳には理解しがたいことだった。これも歓迎のうちに入るのだろうか。こちらの都合はどうでもいいのか。ためらう気持ちもなく、

「寝ていたいです」

と、手を上げて答えた。

「あなたは寝ていたいですか。韓国に来たら、その考えを悔い改めなければなりません」

笑顔でイ牧師が言う。お互い冗談を言い合っているようだが、午前二時起床は多佳には深

刻な問題だった。なぜ、韓国に来たら寝ないで行動するより寝ていたい、それも一日中というわけではなく、一人の人間に必要な睡眠時間がほしい、と願うことを悔い改めなければならないのか、理解できなかった。しかし、多佳の主張は認められないこともまた事実だった。

イ牧師と日本人のグループを乗せたワゴン車が仁川空港を出発するころには日はずいぶん傾いていた。ときおり、西日が流れる雲に覆われ、視界に映る風景が灰色になる。建物が見えなくなると、右手に入江が際限なく広がって見え始めた。この流れは黄海に通じているのだ。地図の一部分が漠然と浮かんだ。海も空も全部繋がっているのに、人間は領有権を主張し、せめぎ合う。不自由な生き物だ。溜息混じりに入江に見入ると、水面に稲の苗が頭を出したように、細く尖った褐色の植物が一面に生えているのが見えてきた。見たこともない植物だ。

「すみません、あの植物はなんですか」

植物の名前など知ってどうすると思いながらも、多佳は助手席に座っているイ牧師に尋ねた。一日の疲れが人々を襲い、誰もが無言だった。韓国人のグループのうち三人は、キム・ジンキの車に乗ったのでこのときはまだ座席に余裕があり、居眠りもできる状態だった。男子の神学生たちの中には、頭を垂れて睡眠を貪っている者もいる。

「どの植物ですか」

イ牧師が、首を少し後ろにひねって答えた。

「あの褐色のです」

多佳が指さした。

「あれですか……。わかりません。ブラウンプランツですね」

少し考えてイ牧師が言った。多佳とイ牧師のやりとりを聞いて誰かがかすかに笑った。イ牧師の、ブラウンプランツは、表現としては間違いではないが、正式な名前とその由来に興味がある多佳には不満だった。

褐色の植物に気をとられているうちに、入り江は視界から消え、車は高速道路をソウルに向かってひたすら走る。ドライバーのソン・スンは無言でハンドルを握り続ける。彼は生来話し好きではなさそうだ、と多佳はかんじていた。両側の沿道に、松並木が続いている。日本と同じような松だ。多佳が生まれて間もなくから中学まで過ごした東北の南にある町も、近くに海岸があり、松林があった。懐かしさがこみ上げてきた。小学校の低学年のころ、短い夏休みのあいだ毎年一度は多喜枝に連れられて、従姉妹の静江と遊びに行った海岸だ。波打ち際ではしゃぐ多佳と静江を、多喜枝は静かに、ときに一緒に笑ったりしながらも注意深く見守っていた。太平洋の外海は午後になると塩が満ち、波も荒くなる。お昼前にはいつも切り上げて、多喜枝手作りの赤ん坊の頭くらいあるおにぎりのお弁当を食べて、もっと遊びたいと言う子供たちを説得して引き上げるのが常だった。一瞬でも波にさらわれたりしないように、と多喜枝は注意を払っていたのだろう。あれが母親の眼差しだと思い出すたびに多佳は、多喜枝が母でよかった、と思うのだった。

景色を見ながら思いを巡らせているうちに、日がまた少し傾いて松並木も途切れ、ワゴン車は街中に入った。しばらく走った後、市街地の中の、赤い十字架と温泉の印が目立つ六階建てのビルの駐車場で止まった。教会とサウナ、理解しがたいことだが、韓国ではあり得ることらしい。目の前のビルの一角に自家製のパンを売る小さな店があった。好みのパンを自由に選んでトレーに乗せ、レジで代金を払う。日本と同じだ。幼い男の子が片っ端からパンを指で突いている。母親らしい女性は気づいていない。走って行って男の子を止めたい気持ちだったが、多佳も他の誰も行動に移す者はなかった。深刻に考えなくてもいいことなのかもしれない、と思う一方で、多佳は不愉快でもあった。

「みなさん、お疲れ様でした。これからレストランにご案内します」

全員がワゴン車から降りきった頃合いを見計らって、イ牧師が号令のように言うと先頭に立った。キム・ジンキの運転する乗用車は先に到着していて、イ牧師とキム・ジンキとで次の行動への打ち合わせが事前になされたようだった。

ビルから少し離れると、日本の公団住宅のような高層ビルの一群があった。灰色の住宅街に銀杏などの樹木が植えられているのも、日本で見かける光景だ。夕餉の支度の時間か、表に人の姿はほとんどない。先ほどのパン屋の店先で見かけた母と子は、このようなところに帰ってくるのだろうか。家族は母と子と、それに父と他の子どもも加わるのだろうか。多佳には普通と呼べる家庭がなかった。一時父と母と三人で暮らしていたときがあったが、幼少時は母と二人、伯父の家に身を寄せていた。過去への追憶なのか、羨望なのか、自分でも分析はできていないが、団地に暮らす平凡な家族を思うとき、心の中の空白が広がったり、それを埋めようと幸せと実感した昔を思い出してみたり、奇妙な感覚に襲われる。

銀杏の葉はまだ緑色を残しているが、夏までのような勢いはない。少しずつ季節が中秋へと移っている韓国の、ソウルの街中にある住宅街を歩いて、飲食店が建ち並ぶ通りへと出た。駐車場からそう遠くはなかったが、知らない場所を人について歩いているので、結構遠くかんじた。一軒の店の看板に、豚の顔の絵や、鍋料理の写真が掲げられていた。目的の店だった。店構えは立派とは言えないが、繁盛しているらしく、古いのに内も外もよく磨かれていた。店の中に後から付け足したと思われるが、独立した子どもの遊び場まである。夕食にはまだ早いのか、店内に他に客の姿も、子どもの姿もなかった。

靴を脱いで、案内されたテーブルの端のほうに座った。一番端は小山みな子だった。伝道師らしく、謙虚な振る舞いをしているのだと、多佳は理解した。

キム・ジンキの妻のスンヒと、チョン・ソンイとソンギの三人は座る場所がなく、隣のテーブルになった。最初からそのつもりだったかもしれない。肉や野菜を山盛りにした大鍋が三箇所に運ばれて来て備えてあったガスコンロに乗せられ、火が点けられた。器に山に盛られたキムチも何種類かテーブルの上に置かれた。店員が鋏を持って大根のキムチを食べやすい大きさに切って回っている。鋏で食材を切る、多佳には新鮮な驚きだった。思わず、「すごい、あの鋏買って帰りたい」と言うと、

「日本でだっていくらでも売っているわよ」

ともと子に軽くいなされた。そう、と答えて、たぶん日本に帰ったら鋏を探して買いに行くことはしないだろうと、多佳は心中で思った。チャンスを逃すと二度と巡ってこないことはこれまでの人生で何度も経験してきた。鋏ぐらいだからいいけれど、自分にとって必要なものだったら相手が誰であっても妥協はしないつもりだった。

鍋から湯気が立ち上り、食欲をそそる匂いがしてきた。キムチのスープの中に幾種類もの野菜や茸類、骨付きの肉の塊が音を立てて煮えている。一番若いよしやのいるテーブルの若者たちが待ちきれずに鍋に箸を入れる。人間は過酷とも悲惨とも言える環境に置かれても、生きようとする意識があるときには食欲に支配されるのかもしれない。いつか読んだ本の一部が思い出される。あのアウシュビッツ強制収容所を生き伸びた作者が、記していた。「解

放されたとき、ただひたすら食べ物を貪った」と。今このとき、ここにいる人々は貪る必要はなく、食を楽しんでいる。多佳はアウシュビッツの悲惨な体験記を思い出しながらも、食欲に支配されていった。隣のみな子は小鳥の餌ほどの量を器にとり、金属の箸で突いている。それでも器の中の食べ物はなかなか減っていかない。多佳は隣のみな子に悪いことをしている気分になった。

隣のテーブルでは、三人の女性たちが静かに鍋を囲んでいる。多佳は母多喜枝の年代の女性たちを見ているような気がした。来客のために心を込めて料理をし、食べきれないほどのご馳走を食卓に並べ、自分は隅の方のテーブルで、慎ましく少しずつ食べ物を口に運ぶ。多佳はみな子や彼女たちを気にしながらも、食事を楽しんでいた。

韓国ゴスペルツアーの第一日目の夕食までは、確かに韓国の人々から大歓迎を受けている、と思っていた。みな子のほか、誰もがご馳走を堪能して、来た道を辿って駐車場へと戻った。長い一日が終わった、と安堵していると、イ牧師から声がかかった。

「みなさん、車からスーツケースを下ろしてください。それから、スーツケースの中から四日分の着替えを別のバッグに移してください。みなさんのスーツケースは木曜日まで別の場所に運んで預かります」

イ牧師の英語を、日本語に置き換えて理解するまでそれほど時間はかからなかった。悪いことは言葉が通じなくてもわかるものだ。九人の日本人から、正確には多佳と、三、四人の若者たちのあいだから、どよめきとも悲鳴ともつかない声が沸き上がった。それぞれわけのわからない声を発しながら、作業に取りかかった。今井先生だけは少しも動じないように見えた。若い神学生たちは慌てて紙袋などを都合し合っている。女性たちは着替えだけというわけにはいかなかった。化粧品やタオルや細々としたものも四日分スーツケースを開いて取り出さなければならない。荷物の整理が終わった者から、スーツケースはキム・ジンキの車に移すようにと、イ牧師に指示された。なぜそうするのか、理解はできなかったが、だからといってやらないわけにはいかなかった。多佳は折り畳んでスーツケースに入れていた布製の袋に思いつくまま物を詰め込んだ。

女性たちと今井先生がスーツケースを下ろすときも、乗せるときも、ドライバーのソン・スンが手伝ってくれた。一日中運転をして、重いスーツケースの上げ下ろしまで手伝ってくれて、ソン・スンも疲れているだろうに、と思いながらも多佳も彼の好意に甘えた。

パン屋の軒下で、みな子がボストンバッグを開いて、慌てた様子で中に移し替えたものをまさぐっている。彼女のバッグが一番大きくて多くの物が詰まっているように見えた。みな子は言葉を発しないで事を行うので、どの程度困っているのか、多佳には見当がつかなかったが、慌てている様子からして、手を貸しても喜ばないだろうとかんじられたので、側に立って彼女の終わるのを見守った。

スーツケースと切り離され、手荷物と貴重品だけを携えた一行は、イ牧師の後に従って、十字架のあるビルの中に入って行った。エレベーターで三階に上ると、そこが『主イエスサラン教会』だった。多佳はビルの中の教会と聞いて、少人数が集まる空間を想像していたのだが、三階全部が教会として使われていて、数百人から一千人は収容できる広さがある、とイ牧師に説明を受けて、驚くばかりだった。講壇の袖の近くに集まって、一人ひとりが十分な空間をとって椅子にかけた。講壇の横には、昨日の礼拝に生けられたのだろう、豪華な花が飾られていた。イ牧師の短い英語の説教を今井先生が通訳し、そのあと個人的に旅の祝福を短く祈って礼拝は終わった。長い一日の締めくくりだった。


そのすぐあとで一日の終わりと次の一日の始まりの区別がつかない時間が始まった。三階のチャペルで旅の祝福を祈った後、普通の旅程で考えられることは、就寝前の、くつろぎ、だったが、そのひとときはコンピューターの、削除、の文字をクリックしたときのように、無、だった。招かれた側は、招いてくれた側のもてなしに甘んじることが、大人としての振る舞いだと、多佳も理解できたから、黙って流れに従った。

礼拝の後、一息つく暇もなく同じビルの五階に案内された。貴重品をロッカーに収め、フロントで渡されたバスタオルと着替えを持って六階に上がった。男性は別の階に案内された。入り口を入ると、湯上りの女性たちが体にバスタオルを巻いて、扇風機の風に当たっていた。サウナと説明を受けていたので、お風呂なのだ、と多佳は思い込みを切り替えた。女性たち四人が戸惑っていると、姉のソンイが来て、中に入るのだと教えてくれた。ソンイと妹のソンギも日本人グループの女性たちと行動をともにするつもりらしい。もと子とさき子はすぐに空いているロッカーを探し、服を脱いで風呂に入る準備を始めた。多佳とみな子ももと子たちに遅れて、ソンイの後について浴室の中に入った。

シャワーを浴び、床面より高く作られている浴槽に入り、体を肩まで沈めているうち、快感よりも、脳内の血液が全部無くなってしまいそうな不安を覚え、多佳は真っ先に風呂から出て、扇風機の前で涼んだ。この後順序としてはサウナに行くらしかったが、多佳の体は新しい体験に順応できなくなっていた。

暫くして、自分も入浴を終えて出てきたソンイが多佳の様子に気付いて、

「こちらにいらっしゃい」

と言うように手招きして、別室に連れて行ってくれた。そこは薄暗く涼しい部屋だった。サウナで暖まった後に休む部屋なのだろう。二十人くらいの人々が同じ方向に頭を向けて横たわっていた。暗くて寝ている人の性別も見分けられなかった。いくらか不安もあった

が、多佳はソンイが持ってきてくれた木製の枕を当てて人々の中に空いているところを見つけ、体を滑り込ませた。疲労で感覚が鈍ってもいたが、その前に親切に世話をやいてくれるソンイに信頼を寄せるようにもなっていた。ほどなくサウナを終えて入ってきたもと子たちも、ソンイの案内で多佳の近くの空いている場所にわずかな隙を見つけ、枕を並べた。暫くは心地よかった。木の枕が痛かったが、疲労と眠気の前には些細なことだった。

涼しさも一時は心地よかったが、体が冷めると徐々に寒さに変わった。起床まであと一時間だ。体を丸めて寒さに耐える準備を整えたとき、誰かに揺り動かされた。

「ここは寒いから、別の部屋に行きましょう」

ソンイだった。

連れて行かれたところは、風呂、サウナ、涼しい部屋、を経て最後に寝る部屋らしかった。涼しい部屋より広いが、莚の上に人々が無秩序に寝ている。多佳は二人分くらい空いていた場所を見つけて体を横たえた。莚一枚では床の硬さが直接体に響くが、疲れた体は間もなく眠りに引き込まれた。無防備で眠っていた多佳は頭に強い衝撃を受け、ショックで飛び起きた。暗がりでも原因を見つけることができた。丸刈り頭の少年の頭が多佳の領域まで進入してきていた。この頭が、と一瞬暗がりの少年の頭を睨んだが、恨みを晴らす行為に出る意思は働かなかった。眠りを破られた不満を抱えて、再び攻撃を受ける心配のない場所へと移動したが、まどろみかけたときには起床の時間になっていた。

午前二時、夜明けはまだ遠く肌寒かった。女性たち四人は身を寄せ合うようにしてワゴン車の後部座席に押し込まれるように座った。そうしなければならない理由があった。キム・ジンキとスンヒの姿が昨夜のうちに見えなくなって、ソンイとソンギの姉妹が残り、ワゴン車の人数は昨日より二人増えた。定員を二人超えても当然のようにワゴン車は出発した。

外の景色はまだ夢の続きのように多佳の目には映った。多佳だけではなく、言葉を発する者はまだ誰もいなかった。今日の最初の目的地はソウルタワーらしいが、イ牧師もドライバーのソン・スンも道を知らないらしく、ごくたまに暗い道を歩いている人があると、車を止めてはイ牧師が行き方を尋ねている。イ牧師のカムサハムニダ（ありがとうございます）を何度か聞いて、漸く行き着いたのだが、門が閉まっていて駐車場に入ることはできなかった。開門まで何時間も待っていたのでは次の予定が狂ってしまうようだ。

車はまた市街地に戻り、南大門あたりを通り、暫く走って日本で見かける量販店の駐車場のように広いところに入った。午前五時というのに、大晦日のスーパーマーケットの駐車場のように混んでいる。駐車している両脇の車と接触しそうなほど狭い場所にワゴン車は止まった。イ牧師に降りるように促された。五万人の教会、ユンサム教会の駐車場だった。これほど広くて混んでいる教会は日本には探しても見つからないはずだ。あるはずがない、というのが正解だと多佳は思った。多佳が今通っている教会には駐車場がなく、日曜のたびに路上に車を止めている。近隣の住民から苦情がこないかと、その都度神経を使っている。少し離れたところにスーパーマーケットはあるが、誰も利用しない。

ひしめき合うように車が駐車しているあいだを、服装を正した老若男女が絶え間なく行き交っている。教会の早朝礼拝に出席する人と、もっと早い時間に出席して帰る人々だった。

体を横にしなければ通れないほど接近して止まっている隣の車に触らないように気を配って車から降りてから、イ牧師にユンサム教会の礼拝堂に案内された。五、六千人はいるかと思われる人々が礼拝堂を埋めていた。牧師の説教が始まり、少しすると、アーメン、と信徒たちのあいだから声が上がる。合間にゴスペルソングを歌い、それぞれが声を上げて祈る。会堂に人々の祈る声が響く。ゴスペルソングには聞き覚えがあった。韓国語は理解できないが、集っている人々の心の叫びが大音響となって聞こえてくるような気がした。来るときに機内で読んだ今井先生の資料の中の女性も、この中にいそうな気がした。

「ここに五万人もの人々が入れるのでしょうか」

先ほどから圧倒されていた多佳は、隣り合わせになったイ牧師に小声で尋ねた。

「礼拝は何回かに分けて行われますから、一度に五万人入るわけではありません」

そうであったとしても広い。自然に次の質問が出た。

「韓国では一、二を争う教会なのですね」

「韓国では特別に大きい教会ではありません」

「五万人で大きくないのですか。私たちの教会は三十人です」

「日本にクリスチャンが少ないことはわかっています」

イ牧師の口調が同情的になった。

一時間の礼拝が終わって、帰る人々と次に出席する人々の入れ替わりが始まった。混雑は止むことはないが、混乱することもない。この人混みの中では知り合いに出会うことも難しいと思うが、多くの人々がお互いみんな知り合い、のような顔をしている。

イ牧師が椅子から立ち上がったのに倣って、今井先生グループも後について出口に向かった。表に出ると、空がずいぶん明るくなっていた。地面から数段高くなっている正面玄関の前で、数人の女性たちが明るい色の民族衣装を身につけて、笑顔を絶やさず、新たな人を迎え、帰る人を送っている。

出発前に、韓国に行く、と言ったとき、父の武次が、

「なぜ韓国なんだ」

と言った。あのとき多佳は一瞬ひるんだが、そういえば、と思い出すことがある。多佳が

まだ韓国旅行に行くことを告げる遙か前のことだった。武次はときおり多佳に若いころの話しをすることがあった。冬の寒い夜、夕食の後、武次と蜜柑を食べたりしながら、世間話などをしていた。多佳が何気なく、

「お父さんは、田舎の伯父さんのほかに兄弟はいなかったの」と聞くと、武次は独り言のように静かに言った。

「姉が一人北海道に嫁いでいた。若くして亡くなってしまったが、若い頃、結婚して間もない姉夫婦を北海道に訪ねたことがあった。ちょうど正月にかかっていて、街も賑わって、姉夫婦に初売りの店に連れて行ってもらったりしたなあ」

そこで武次は少し口ごもったが、また続けた。

「晴れ着を着た娘さんたちも歩いていたんだ。一人、韓国の民族衣装を身につけた娘さんも混じっていたよ。珍しくて振り返って見たときだった。近くの家から生意気そうな小学生か中学になりたてくらいの少年が出てきて、その娘さんの民族衣装ににいきなり墨汁をかけたんだ。一瞬の出来事で為す術がなかった。娘さん、情けなさそうな、悲しそうな顔をして、晴れ着と雪の上の黒い染みを見ていたよ。今でもあの娘さんの顔が浮かぶよ」

武次の声が蘇って、多佳は民族衣装の女性たちから目を逸らした。多佳の心の内など誰も知るよしもなく、次の予定が進んでいった。

礼拝が終わったので駐車場に向かうのかと思っていると、教会員の一人と思われる中年の男性に食堂へ行くように勧められた。別棟になっている食堂の中は、従業員が何千人かいる会社の社員食堂のように広く、キッチンの前にカップラーメンが山積みされていた。勝手がわからない場所で、今井先生の一行がテーブルを囲んでいると、信徒たちなのだろうが、女性たちがお湯を注いだラーメンとキムチを一人ひとりに運んできてくれた。朝からこんな消化の悪い物、と多佳の頭をよぎるものがあったが、体が冷えていたので箸をつけてしまった。睡眠不足と疲労で血行が悪くなっていたところに朝の寒さだった。消化が悪くても温かい食べ物は、ご馳走、だった。

ワゴン車は郊外に向かって、交通量の多い広い道路を競うように走る。接触事故を起こしそうなほどの勢いだ。後部座席に女性たち四人身を寄せ合っているのは、サウナのあるビルを出発したときと同じだ。次の目的地はどこだったか、多佳だけは旅行説明会に出ていないので知らない。旅が終わるまで多佳とよしやは知らない国を、行く先もわからずに運ばれて行くのだ。

この狭い空間に十三人もの人間が詰め込まれている。現実を受け止めてはいたが、次の瞬間、多佳だけに変化が起きた。体が忍耐の限界を超えていた。正確には心だったのかもしれないが、他の十二人に影響を及ぼすことにもなった。恥とか外聞とか、考える余裕はなかった。生への執着も消えた。人はさんざん苦しんでも、死は案外簡単に、突然にやってくるのかもしれない、今まさに自分が直面しているのかもしれない、と一瞬冷めた目で自分を見ていた。来るときの機内で読んだ、今井先生の資料の中の女性の言葉も蘇った。

「まだ子どもだった私が、次々に覆いかぶさってくる兵隊たちの下で、恐怖と、痛みと、悲しみと、屈辱に耐えなければなりませんでした……」意識がはっきりしているときは、自分の体を蹂躙されているような痛みをもって受け止めた言葉が、ただ言葉として思い出された。思考も停止し、自分の体を自分で支えきれなくなった次の瞬間、隣のさき子が自分の座席の下に置いていた紙袋の口を広げて、素早く多佳の顔の前に差し出した。一秒の狂いもないその絶妙のタイミングを、多佳は後日冷や汗をかく思いで思い起こした。

ともかくさき子に慌てて差し出された袋の中に、吐いた。胃液しかなくなっても吐き続けた。袋は、さき子が昨日残った弁当を入れて持ち歩いていたものだった。入国審査を受けるときに咎められなかったのも不思議だが、多佳にはそんなことを考える余裕は当然なかった。

女性たちのざわめく声を聞いて、ドライバーのソン・スンが道路右側のガードレールすれすれに車を止めてくれた。韓国も欧米並みに車が右側を走っていたのは、多佳にとって好都合だった。みな子ともと子とさき子が先に下りて、多佳を一番奥から出やすいようにしてくれた。倒れ込むようにガードレールにもたれて風に当たった。土手の下の丈の高い雑草の匂いを風が運んでくる。深呼吸をしてゆっくり息を吸い込んだ。何度か繰り返しているうちに、意識がはっきりしてきた。

「大原さん、大丈夫？　消化の悪いカップラーメンなんか食べたからかしらね」

気遣うもと子の声を、目を閉じて聞いた。

「……そうかもしれないわね」

大丈夫でもなかったし、カップラーメンのせいだけではないことを長々と説明するつもりはなかったが、説明のしようもなかった。

「もう少しで着きますよ」

イ牧師の声が聞こえた。もう少しがどのくらいの距離と時間なのか見当もつかなかったが、目的地は近いのだ、と自分にも言い聞かせた。車の通行の激しい道路にいつまでも車を止めておくことはできない、と状況を判断する体力も回復してきた。

よろけるように立ち上がって、再び車内に戻ろうとすると、運転席の後ろに、今井先生を間にして、みな子と座るようにと、誰からともなく案内された。乗り込むとき、よしやと若い神学生たちが、多佳たちが座っていた後部座席の前の席に、足を折り曲げるようにして座っているのが目に入った。真ん中は、もと子とさき子に混じってソンイとソンギの姉妹だった。彼らの心配そうな視線をかんじながら、多佳は座席に腰掛けた。

「大丈夫ですか」

少し走り出したところで今井先生に聞かれた。

「大丈夫です。ご迷惑をおかけしました」

（心の問題だったかもしれません）と言いかけて止めた。リーダーとして、旅のメンバーが病気になっていつまでも引き摺っていたら困るはずだ、と今井先生の立場が、多佳の頭をかすめた。

端に座っているみな子の様子が目に入った。目を閉じて、体を縮めるようにして窓にもたれている。みな子も具合が悪かったようだ。今井先生の次に責任のある立場として、真っ先に倒れるわけにはいかなかったのだろう。

みな子が二人目の落伍者になる前に、車は目的地に到着した。林の中に広大な駐車場が広がっている。平日だからか、止まっている車の数は少ないが、大型バスが何台もあった。交代でトイレをすませ、昼食をとることになった。

「私は車の中で休んでいます」

体はまだ食べ物を消化できるまでには回復していなかった。

「少しだけでも食べたら。旅はまだ始まったばかりなんだから。体がもたないわよ」

もと子が心配そうに言った。

「大丈夫よ。ふだんたくさん食べて体に蓄えてあるから」

強がって見せたが、多佳は子どもの頃から食が細かった。母の多喜枝がなんとか食べさせようと食事に工夫をこらしていたことが思い出される。今は、食べることよりも、車の中で寝ていたい、と思う欲求が強かった。

やっと一人になった。中から鍵をかけ、三人分の座席を占領して体を横たえた。足は下ろしたまま、体は海老のように曲がっているが、この程度の身体的苦痛は眠気にかき消された。一時間足らずだったとは思うが、表から窓を叩かれるまで、泥の中に沈むように眠った。窓の外にドライバーのソン・スンの笑顔があった。食事が終わって一足先に戻って来たのだった。ロックを外すと、ドアを開けて「オモニ」と言った。自分の手のひらの真ん中に親指を立てて何か言っている。韓国語しか話さない彼と言葉を交わしたことはないが、多佳の具合が悪くなったことを気にしてくれていたらしい。手のひらの真ん中を反対の手の親指で強く押すと、乗り物に酔ったときは効くんだ、と言っているらしい。多佳もソン・スンの真似をして、手のひらを親指で押してみた。

「そんな弱い力ではだめだ。こうするんだ」

とでも言うかのように、ソン・スンはがっしりした大きな手で、多佳の冷えた手を掴んだ。

自分の親指を多佳の手のひらに立て、強く圧す。

「わあ、すごい力」

多佳が声を上げると、ソン・スンが嬉しそうな表情を見せた。若者の強い力で圧されると、血管の中に滞っていた血液が、体中を駆け巡るようにかんじられた。

「ありがとう。カムサハムニダ。ずいぶん楽になったわ」

五分も経っていなかったと思うが、人に何かを無償でして貰うことへの遠慮の限界だった。さっきソン・スンに、オモニ、と呼ばれた。自身は母になりたくてなれなかった身だが、多佳には懐かしい響きをもって聞こえてきていた。


同僚の悪意のない悪戯によって多佳の人生は変わったのかもしれなかった。むろんその後の生き方は自分で選択し、今日まで変えようともしなかったのだから、責任は自分にあることを否定はしないつもりだ。その上で、忘れられない出来事でもある。

子どもが生まれるまで、と続けていた会社勤めが五年目に入って体に変化があった。二か月になったところだった。予定日は来年の春と診断されたころで、夫の勇も、

「おまえは子どもが生まれない体なんじゃないか」

と言っていただけに、喜びを隠しきれないふうだった。多佳も早い機会に上司に話して仕

事を辞めるつもりだった。からかわれたり、いたわられたりしたくなかったので、辞めるまで上司のほかには誰にも知らせないことにした。仕事も悪阻が酷くなる前にできるだけ片付けておきたかったのと、周囲に気付かれたくなかったので、いつもよりかえって活発に体を動かしていた。

「なんだか嬉しそうだね。いいことでもあったのかな」

同期に入社した浜岡に言われて慌てたが、

「べつに。苦しいことは先にしてしまって、あとはのんびりするのが私のやりかたなの」

と、その場をつくろった。ビルの管理業務を主としていた会社で、浜岡たち男性は新たな取引先を獲得するのに、日々奔走していた。日中男性社員が事務所にいることは少ないのに、あの日は浜岡だけ事務的な整理があるから、と戻って来た。浜岡とは同期という気安さから、対等に口も利いていたし、冗談も言い合っていた。仕事の面では彼の力を認めていた。勇と結婚するとき、

「なんだ、君は俺を男とも思わない口の利き方をするから、男に興味がないのかと思ったよ。もうちょっと早く君が女だってわかっていたら、俺がプロポーズしたのにな……」

と言われた。多佳はただ黙って笑っていただけだった。

勇とは、多佳が二十歳の誕生日を迎えた記念に、友人を誘って旅に出た先で知り合った。

勇も何人かの友人たちと卒業旅行に行っていたのだった。東京に戻ってから勇と二人だけの交際が始まった。二人とも二十歳と二十二歳と若かったけれど、就職も決まっていて、結婚の障害となるものは何もなかった。住まいも勇の両親が用意してくれたところで、家賃を払う必要もなく、自分たちだけの生活を守っていればよかった。あとは子どもが生まれたら自分の手でしっかり育てて、と平凡な夢を描いていた。

五年目にして夢が叶うのだ。勇と私の子ども、もう誰の存在も心の中になかった。浜岡に勇と結婚するときに言われたことなど忘れ去っていた。一か月後にはこの職場にはいないのだ、と思うと仕事にも力が入った。浜岡たちの努力の甲斐があって仕事の量も年々増えてきている。書類も別室を使わなければならないほど多くなった。急ぎ足で、必要な書類を取りに別室に行って席に戻って、を繰り返していた。何回目かに腰かけようとした時、確かに今前に引いたはずの椅子がなく、床に臀部と腰をしたたかに打ちつけた。本能的に腹部に手を当てた。何が起こったのか一瞬わからなかったが、周囲の笑い声で真相がわかった。隣の席の浜岡の悪戯っぽい顔が目に入った。椅子にかけようとした瞬間を狙って、回転椅子をすばやく後ろに引いたのは浜岡だった。

流産、二文字が浮かんで涙が溢れた。こらえようと思っても止まらなくなった。多佳の異様な様子に浜岡がうろたえている。

「お願い、タクシー呼んで……」

泣きながらすぐ側にいた浜岡に言った。救急車、と言えば浜岡を追い詰めてしまう、とまだ理性も働いた。椅子に掴まって立ち上がるとき、上司の不安そうな視線をかんじた。不安の中に恐怖の色もあった。

予感は的中した。芽生えたばかりの命は強い衝撃に耐えられなかった。手術台の上でも泣き続けた。

「まだ若いんだから、またすぐできますよ」

医者は慰めのつもりで言ったのだとは思ったが、

「五年も待ちました」

と泣きながら反論した。

勇にはうっかりして椅子にかけそびれた、とだけ伝えた。

「おまえの不注意で子どもを死なせてしまったんだぞ」

勇はやり場のない怒りをぶつけてきた。

あのときは悪い人間はいなかった。浜岡の責任でもない。妊娠さえしていなければ、椅子から転げ落ちても笑ってすませられることだった。勇も子どもを失った悲しみを違った形で表現したに過ぎなかった。そのことがわかったのは、すべてを失った後だった。悲しんでいる妻をいたわるどころか、責めてきた勇を許せなかった。知らなかったとしても軽率な行いをした浜岡を恨んだ。結婚して初めて勇に強く反論した。

「あなたは、私が悲しんだり苦しんだりしているのに、そんなひどい言い方しかできないのね。誰にだって失敗はあるわ。不可抗力だったんだから、しかたないじゃない。それを責められるんだったら、もうあなたとは一緒にやっていけないわ」

勇は黙った。お互いわかり合うまでやり合ったら、決定的な結果は見なくてすんだかもしれない。消化不良のような状態で幾日か過ぎていった。多佳の体も回復してきたある夜、意を決したかのように勇が手を伸ばしてきた。勇を受け入れるには、多佳にはまだ時間が必要だった。ただ一度の失敗でも心の傷は深かった。子どもを妊るまで五年もかかってしまったのは、幼少時のあの納屋での出来事がときおり悪夢のように蘇って、多佳を苦しめていたかららでもあった。勇の求めを、疲れている、とか、今日は調子が悪いとか、理由をつけては断ることもあった。勇に打ち明ければ、勇を苦しめるし、勇は離婚を言い出すかもしれない、と思った。娘の幸せを喜んでいる両親をも悲しませることになってしまう。

結婚生活が破綻して勇を失うことを恐れていたのに、あのとき多佳は、伸ばしてきた勇の骨張った手を押しのけてしまったのだ。確かにあのときから勇は多佳に触れようともしなくなった。会話も少なくなり、次第に沈黙の時間がお互い長くなった。勇の帰宅も遅くなり、無断で外泊もするようになった。問い詰めると、「実家に行っていた」とばれる嘘をついた。夫を拒んだのだからしかたがないけれど、沈黙し合って無視され続ける苦痛に耐える力が、多佳の限界に達した。なんとかしなければ、と思う気持ちはまだ残っていたが、何をどうすればいいのか、糸口は見つからなかった。

(お母さんならどうするだろう)

いつも父武次の陰でひっそり生きている母多喜枝、戦争が終わって職業軍人だった武次が長い間失業していたときも、慣れない農家の手伝いや仕立物をして家計をやりくりしていた。子どものころ、夜中に目を覚ますと、ほの暗い電灯の下で縫い物をする多喜枝の姿があった。疲れた顔をしていても声を荒げたこともなかった。あの母を悲しませたくない、幼いころから心の中にその思いを抱いて成長した。

妊娠がわかったとき、孫を抱いて控え目に微笑む多喜枝の顔が浮かんだ。早く知らせようと思っているうちの出来事だった。多喜枝を悲しませたくはないが、無性に会いたくなった。

「お母さんが作る、手作りの温かいうどんが食べたい。勇が出張しているから、泊まりがけでいってもいい?」

結婚してから初めて甘えたことを言った。

「ええ、ええ、もちろんですとも。このごろ、ちっとも顔を見せてくれないから淋しかったわ。

会社が忙しかったのね。勇さんが一緒に来られなくて残念ね。出張だからしかたがないわね」

受話器から多喜枝の嬉しそうな声が聞こえてきた。（お母さん、前より声の調子が弱くなった）明るい声に反してそのとき多佳は多喜枝の声の変化が気になった。それよりも勇のことを言われて、嘘を見抜かれたような気がした。

身の回りのわずかな物を持って実家に帰った。手入れの行き届いた狭い庭に金木犀が香っていた。結婚して家を出る前はまだ細い木だったが、しばらく来ないうちに丈が高くなり、葉も生い茂って、庭中に香りを放っている。立ち止まって、胸一杯に花のよい香りを吸い込んだ。懐かしさがこみ上げてきた。中学を卒業した多佳と母の多喜枝を迎えるために、父が用意してくれた狭い庭付きの小さな家で親子三人初めて一緒に暮らした家に帰って来た。この庭で、祝い事があるたび、武次がカメラと三脚を持ち出して三人でカメラに収まった。最後は多佳が勇と結婚するときだった。あれから五年、まさか、こんな日がくるなんて……。涙がこみ上げてきた。多佳が慌てて涙をこらえようとしたとき、足音に気がついて、多喜枝が玄関から姿を現した。清潔な和服に身を包んだ体が少し細くなっていた。多喜枝にかける言葉を探しているうちに、再び涙が溢れて多喜枝の顔が曇って見えた。走り寄って多喜枝の肩に顔を埋めて泣いた。

「何かあったのね……。こんなに痩せて」

多喜枝は黙って多佳の背中を撫で続ける。

「何も言わなくていいわ。気持ちが落ち着くまでゆっくりしていらっしゃい」

娘を気遣う多喜枝は、そのとき自分の体も癌に蝕まれていたのだった。多佳は何も知らないで泣きながら流産のこと、勇との関係も冷え切っていることを打ち明けてしまったのだ。

「……あなたは悪くないわ。勇さんも。どうしようもないことって人生にはあるのよね」

多喜枝の表情はひどく心を痛めたときのものだった。

「お父さんには私からお話しするから、あなたは何も心配しないでいいのよ」

多喜枝に優しくされると、多佳はかえって惨めになる気持ちと、母に甘える気持ちとがせめぎ合って、言葉もなく、ただ泣くばかりだった。

その夜は、久しぶりに親子三人で食卓を囲んだ。多喜枝が粉から打ったうどんにかき揚げを乗せて、昆布と鰹節のだしで作ったたれをかけて食べるとき、多佳は多喜枝の子どもでよかった、と決まって思った。子どものころ、伯父の家に世話になっているときも、多喜枝の手作りうどんは評判がよかった。あのころは、精製された粉は手に入らなくて、伯父の畑で採れた小麦を、手動式の粉ひき機で轢いてそのまま食していたので、いくぶん黒みがかったうどんだった。上に乗せる具も粗末なものだったが、多喜枝が作ると、五人の従兄弟姉妹たちは奪い合って食べていた。義理の伯母も、

「多喜枝さんが作ると、どうしてこんなに味がいいんだべ」

と、素朴な言葉で褒めちぎった。多佳も物心ついてから、いつか多喜枝にこつを伝授してもらおう、と思っていながら果たせないでいた。そしてそのときは永久になくなってしまったのだった。

寝起きの姿を家族に見せたことのない多喜枝が、その日は朝になっても起きる気配がなかった。

「お母さん、夕べは久しぶりに腕を振るったから、疲れたみたいだ。起きてくるまで休ませてあげなさい」

寝巻のまま新聞を持って居間に入ってきた武次が、言うなりソファーに腰を下ろした。武次にしたら多喜枝がただ朝寝をしている、くらいの感覚でしかなかったのだと思うが、多佳は、疲れたみたいだ、の武次の言葉が気になった。作り慣れた夕食を作ったくらいで朝起きられないほど疲れるだろうか。確かに昨日は多喜枝の心の負担になることを話してしまったけれど……。多佳は昨日玄関に姿を現したときの多喜枝の様子を思い返した。和服姿が細くなったとかんじたのに、自分のことばかり話して、多喜枝を思いやることができなかった。武次を居間に残して、多喜枝が休んでいる寝室に様子を見に行った。静かに引き戸を開けると、多喜枝が目を覚ました。もっと前から起きていたようだった。

「ごめんなさいね……。今日は起きようと思っても力が出なくて……。テーブルの上のパンを焼いて、お父さんと一緒に食べてね。あなたが好きなアボガドの入ったシーフードサラダが冷蔵庫に入っているわ……」

多喜枝は辛そうに目を開けて、力なく言った。

「お母さん、朝ご飯くらい私が作るのに、そんな無理して……」

声を荒げそうになったのを辛うじて抑えた。

今まで気づかなかった武次にも怒りがこみ上げてきたが、それよりも、一刻も早く多喜枝を病院に連れていくことだと、多佳は感情を抑えて、武次と一緒に渋る多喜枝を説き伏せて、病院にいく支度をさせた。無理に連れて行った病院で、多喜枝に出された診断は最悪だった。

「長くてあと二か月でしょう」

医師から告げられて、多佳は呆然となった。武次の顔を見ると、青ざめた顔で立ち尽くしていた。

「お母さんに知らせてはいけないよ」

武次に口止めされたことを守って、多喜枝の病室に戻った。無理に明るく振る舞う多佳と、普通に見せようとしている武次に多喜枝が言った。

「お父さんも、多佳さんも、ありがとう。二人の気持ち、嬉しいわ。でも、私は大丈夫です。

ほんとうのことを話してね。ちゃんと、心の準備はできていますから」

静かな口調で、はっきりと多喜枝は言った。

医師の見立ては正確だった。二か月後、多喜枝は静かに逝った。

「お父さんをお願い……。あなたも……幸せになってね」

意識がなくなる前に多喜枝が言い残した言葉だった。日が経つにつれて、あなたも自分の人生を自分らしく生きなさい、と言われたと思えるようにもなった。

多喜枝の病気がわかったときも、多喜枝の葬儀のときも、きっと来ない、と思いながら知らせた勇は、やはり来なかった。勇の選択よりも多喜枝を失った悲しみの方が大きかったことは、後の人生を選ぶ上ではとてもよかった。

多喜枝の病気がわかって、癌にいいと聞くとためらわずに健康食品を買い求めては勧めていた武次は、妻を失い、家族の前で保っていた威厳もなくなった。そんな父の姿は多佳の目には哀れに映った。多喜枝には残される夫の姿が見えていたのだろうか。お父さんをお願い、と言った多喜枝の最期の言葉が、いつまでも多佳の耳から離れなかった。父を支えていこう。私らしい生き方を探しながら、そう決めて歩き始めて久しい。決まった仕事もしないで、多くもない父の経済力に頼って生きていて、ほんとうにこれが自分らしい生き方なのか、と問うが、はっきりした答えはまだ出ていない。今はこれでいい、これしかないのだから、と自分に言い聞かせて生きてきた。

　手のひらの指圧が効いたのを見届けると、ソン・スンは安心して運転席に戻った。彼の後姿を見つめながら、息子と一緒にいるような思いに浸る多佳だった。

# モザイク

小雨が降り出した。ソウルを出発してここに到着するまではずっといい天気だった。九月は韓国も変わりやすい天候なのかもしれない、と多佳は、昼食に行ってまもなく帰って来るはずの今井先生、イ牧師のグループを車の中で待ちながら思った。

息子のようなソン・スンが自分の親指で施してくれた掌指圧で、いくぶん体調がよくなった。午後はどんな予定になっているのか知らないが、なんとかグループの後についていけそうだ。疲れたりしたときの多佳の無意識の習慣で、座席に寄りかかって大きく背伸びをした。そうすると全身の血流がよくなったような気がする。

運転席に掛けて前方を見ていたソン・スンが何か言って指差した。多佳がその方を見ると、もと子たちが昼食を終えて帰ってくる姿が見えた。

最前列の席に移って起き上がっている多佳を見て、女性たちは喜んだ。みな子は売店で買い求めたといって、瓶入りの飲み物を差し入れてくれた。酔い止めの薬だと言った。多佳は車に乗るときのほうがいいと思ったが、みな子の厚意を裏切るような気がして、すぐに飲んだ。即効性のある薬らしくて眠気もすぐに襲ってきた。が、もう寝ている時間はなかった。今車を止めているところは、この日の二番目の目的地の駐車場だった。

多佳も足元のリュックサックから傘を取り出し、開きながら車を降りた。号令がかかったわけでもないのに、誰もが無言でイ牧師の後に続く。広い駐車場のアスファルトが雨に濡れて光っている。

「この地域は雨模様だったのかしら」

多佳は最後尾を並んで歩いていたみな子に話しかけた。みな子は終始寡黙で、自分から話しかけることはめったにない。多佳の問いかけにも、そうね……、と答えたきりだった。だが、みな子は酔い止め薬が効いて列から遅れそうになる多佳を、終始気にかけてくれていた。

はるか前方に先の尖った一対の塔が見えてきた。近づけば聳えているのだろうが、まだ鹿の角のように細くしか見えない。塔に向かって広い平坦な道がまっすぐに続く。歩行者専用道路だが、道の中央に鉢植えの植物が規則正しく並び、中央分離帯の役目を果たしている。鉢植えの中央分離帯の切れ目にパネルのような物も見える。自然の中に人工的な物は違和感があるが、近づけばその正体もわかる、と多佳はそれほど気にもしなかった。道を挟んで両側に広大な芝生が広がっている。芝生の向こうは林だ。森や林を開発してこれから見学するところは作られたのだと、多佳は思いを馳せていた。

近づくにつれてパネルの正体が見えてきた。パネルは急勾配の民家の屋根のような形をしていて、行きも帰りも見えるようになっている。屋根の片側は韓国の花、木槿で、もう片方は韓国の国旗だった。どちらもモザイク画になっている。多佳は子どもの頃薄紙の花を貼り合わせて作ったモザイク画を思い出した。薄紙なら雨に濡れて惨めな姿を曝すことになっただろうが、目の前にある巨大なモザイク画は、濡れても破れない材質の物を用いてある。

「何かイベントがあるのかしら？　韓国の象徴がわざわざ置かれているところを見ると……。パネルもモザイクも真新しいですよね。それと、これから行く建物全体が近年になって建築されたようにかんじるのですけど……」

半歩くらい遅れて歩いていたみな子に話しかけるともなく、話した。

「そうね。ここは韓国の歴史に関係のあるところらしいですね」

みな子は事前の打ち合わせに参加しているし、今井先生の補佐的な立場でもあるから、いくらか予備知識はあるのだ、と多佳はみな子の返答を聞いて知った。

「韓国の歴史に関係のあるところに、国旗や国花を飾るのは、自分の国に誇りをもっているからなのでしょうか。それとも、ほかに意味があるのでしょうか。日本で、もし歴史に関係のある建物に、日の丸の旗や日本の国花を大きく飾ったら、日本人はどう思うでしょうか」

みな子は、そうですね……、と言ったきり口を噤んだ。またみな子を困らせるようなことを言ってしまったのか、みな子はあまり多佳の話に関心がないのか、と多佳はみな子の心を測りかねた。

反対側の歩道を幼稚園の子どもたちくらいの年齢の幼児たちが二、三十人、列の前後と真ん中を若い女性の引率者たちに守られながら歩いて来た。見学を終えて帰るところなのだろう。子どもたちは無邪気に、笑ったり、喋ったり、ふざけ合ったりして、ときおり大人たちにたしなめられながら来た道を帰って行く。

「韓国の子どもたちはあんなに小さなうちから自分の国の歴史を学ぶのですね」

屈託のない子どもたちを見ながら、多佳がまたみな子に話しかけると、彼女もかすかに頷いた。

「韓国と日本の歴史について、私、今井先生の資料を読むまでは知らなかったし、知ろうともしませんでした。学校で学んだという記憶もなくて……。ただ、なぜ日本人は韓国人を差別意識をもって見るのか、物心ついてからずっと疑問に思っていました……。今、日本人として、とても恥ずかしいと思います」

一方的に話す多佳に、みな子は返す言葉をさがしているふうだった。四、五人の年配者のグループが、前方から歩いて来た。多佳の日本語に気がついて、訝しげな視線を向けてきた。

多佳は慌てて口を噤んだ。彼らにしたら、日本語は思い出したくない言葉かもしれない。

グループから遅れがちになる多佳を、みな子が終始気にして歩いてくれているうちに、鹿の角のように見えていた塔が間近に見えてきた。

「あの塔はキョレ（民族）の塔と言います」

屋根のある門を入ったところで、一行と一緒に多佳とみな子の到着を待っていたイ牧師が、目の前に聳える一対の塔を指さして言った。到着したところはやはり韓国歴史記念館だった。

「ここからはみなさん、自由に見学してください」

言いながらイ牧師が先に用意していた入場券を多佳とみな子に手渡してきた。先に到着した者たちは先に説明を受けたのか、若い神学生たちは多佳とみな子に券が渡されるのと同時に歩き始めた。

多佳は自然の成り行きでもと子と二人連れになった。広い敷地内を歩いて建物の中に入ろうとしたとき、入り口に看板が立てかけてあるのに気がついた。

「特別展か何かあるのかしら？　さっき木槿と韓国の国旗のパネルを見て思ったのだけれど、この看板を見て、そんな気がするの。字は読めないけど」

先に入ろうとしたもと子を呼び止めて言った。

「そうかもしれない。あ、パンフレットがあるわ」

受付のカウンターに置かれているパンフレットを見つけてもと子も言った。折り畳んであるが、表紙にはモノクロ写真が印刷されてあった。縦横にひびが入った写真の中には、韓国の民族衣装を着た若い母親と三人の幼い子どもたちが写っていた。一番前の、まだ一歳か二歳の男の子が広げて持っているのは日の丸の旗だ。白地に真ん中より下あたりに、滲んだ血が時間の経過とともに色褪せたような薄赤い丸がある。正確な円形ではない。噴き出す血を押さえたときに染まったような形だ。ほかはモノクロなのに、丸の部分だけが赤い。血の匂いまでも染みついているようにかんじて、多佳は鼻に手を当てた。子どもを失ったときの出血が蘇る。激しい痛みの中で必死に腹部を押さえたが、無情にも子供の命は血となって流れ出た。

写真の中の、母親も子どもたちも、誰かを見ている。四人の視線は自分に注がれ、何かを訴えているようにかんじて、多佳は目を伏せた。

急いで中を開くと、小さな十数枚のやはりモノクロの写真が載っていた。韓国語は読めないが、写真だけでわかるものもある。数枚は折り重なった死体の写真だ。撃ちてし止まん、日本の兵士と思われる写真に日本語で書かれてある。

右下の小さな写真の中にまだあどけなさを残した四人の女性たちがいる。瓦礫の中で裸足だ。右端の女性は膨らんだ腹部に手を当て、爆撃か何かで建物が吹き飛び、剥き出しになった岩肌に寄りかかるようにして足を投げ出し、目を伏せている。あの、チンダーレ(躑躅の一種)の花を刺繍して拉致され、身も心も日本の男たちの欲望によって踏みにじられた女性と重なる。この女性にとって、母になることは屈辱の代償だったのだ。多佳は薬が効いているだけではなく、パンフレットを見ているうちに目眩を起こしそうになった。

「中に入りましょう」

もと子に促されて我に返った。

一八六〇年代から一九一〇年の日韓併合までの近代民族運動と、救国運動の資料が展示されている最初の展示館から始まって、一九四五年の第二次世界大戦終結までの七つの展示館をもと子と二人で見て歩いた。一行の誰かと行き会っても、誰もが無言だった。韓国語がわからなくても強烈に解ることもあった。朝鮮王朝末期の王妃閔妃が日本の右翼に殺される場面、ミッションスクールの学生で、独立運動の主導者十八歳の女性柳寛順が独房に入れられている場面、どちらも蝋人形を並べて本物以上に臨場感を出してある。柳寛順は全身傷だらけで、浮腫んだ顔も拳を握って挙げた両手も血が滲んでいる。厳しい拷問を受けたのだろう。多佳はドラマなどで拷問のシーンがあると目を背けてしまうほどだが、その拷問の場面を思い浮かべて、蝋人形から目を逸らした。目の前の蝋人形は作り物と言っても、実際にあったことを再現しているのだろう。閔妃は突然襲われたのだが、柳寛順は酷い拷問を受けながら、屈しないで祖国の独立のために戦ったのだ。そこまで彼女を突き動かしたものはなんなのだろう。日本がもし他国に侵略され、植民地にされてしまったら、柳寛順のように立ち上がる者もいるだろうが、多佳は、自分には絶対にできないことだと思った。追い詰められ、逃げ場を失ってチンダーレの刺繍をした女性のようなことになっても、死ぬこともできなくて、自分の人生を呪うのかもしれない。多佳は自分の無力さ、無責任さを思った。

大きく引き延ばされたモノクロの写真には何度か目を覆わなければならなかった。独立運動に関わった男性たちだと思われるが、拷問で浮腫んだ顔をして、肩から切り落とされた腕の切り口を写真に写され、人目に曝されている。耳を切り落とされた男性も同じように晒し者にされている。この男性たち、独立運動の主導者なのだろう。妻や子や家族や恋人のために立ち上がったのかもしれない。

残酷な写真を見続けているうちに、残酷さに慣れてきた。この感覚が多佳は恐ろしくなった。始めは躊躇していても、一度成功すると残忍な行為も平然と行えるようになるのかもしれない。日本人だけではなく、人間とはそういう生き物なのかもしれない。これまで殺人を犯さなかったのは殺さなければならない境遇になかっただけの話だ。これから先、殺人犯にならないという保証はない。社会の片隅でひっそりと生きる道を選んで、そのように生きてきた。若くして、身籠もったばかりの子どもも、家庭も、心の支えだった母までも失い、十分不幸な目に遭ったと思っている。先々殺人を犯すほどの不幸が襲ってこないことを、多佳は心の中で祈った。

展示館はあと一つを残すだけになった。日本語で書かれた古びた文書が展示されているところを通り過ぎて出口に向かった。出口近くに、入り口で手にしたパンフレットの中の主だった写真が大きく引き延ばされて展示されていた。裸足の四人の若い女性たちの写真もあった。

何枚かの写真の中に慰安所に並ぶ兵士たちの姿があった。悪びれる様子もなく、カメラに向かって白い歯を見せている者もいる。行列の先の小屋の中でのことを思うと、多佳は自分の身を蹂躙されるような激しい痛みと怒りに襲われるのだった。

「日本は戦争に負けてよかったのだわ」

無言で写真を見ていたもと子に呟いた。

「日本なんか全滅してしまえばよかった……。そうすれば私も生まれてこなかったし、このようなことも見ないですんだのだわ……」

「私たちが存在しなかったとしても、日本が全滅したとしても、どこかの国で同じことが繰り返されて、誰かがこの国が経験したようなひどいことを見なければならなかったわ」

もと子の言うとおりだと多佳は思っていた。

「そうね。自分だけは嫌なこと、見たくないし、経験したくない、だから誰かに押しつける、それはやっぱりエゴなのね」

社会の片隅でひっそり生きていたい、と自分のことばかり考えて生きてきた自分を多佳は情けなく思った。

入り口で手に入れたパンフレットを、多佳はもう一度バッグを開けて確かめた。ほかの不要な紙片と一緒に捨ててしまわないように意識して、大切なものを入れる方に入れ直した。日本に帰ったら教会の韓国人の宣教師に、パンフレットの韓国語を翻訳してもらうつもりだ。独身でまだ若い彼女とは宣教師と信徒の関係でしか話したことがない。話題にするにはかなりの勇気がいると思うが、知ってしまったからには黙っていることにも抵抗がある。慣れない日本の環境と過労で、ときおり病に倒れながら、一人ひとりの信徒たちとていねいに関わろうと努力している彼女に特別に手を差し延べることはしてこなかった。これからも彼女のために何ができるのか思いつかないが、少し彼女に近づけそうな気がする。近づいてお互いに理解し合う必要がある、と多佳は考えていた。

薬の効き目が切れてきたのか、雲の上を歩いているようなおぼつかなさから、硬いコンクリートを踏みしめている感覚が戻ってきた。気がつくと二時間近く経っていた。もと子と示し合わせたように出口に向かった。出口のところでもと子にカメラを向けた。シャッターを切ろうとしたとき、男の怒声に遮られた。制服を着た中年の男性が駆けつけて来て、何かをまくし立てている。警備員らしい。出口の壁のところを指さしている。そこには撮影禁止のマークがあった。うっかり見逃してしまっていた。

「ごめんなさい」

と咄嗟に深々と頭を下げた。その後も男性はまだ何かを言い続ける。声の調子から文句を言われていることは理解できた。男性の声を聞きつけて姿を現した職員らしい女性にも、彼は何かを訴えている。女性は、警備員の男性に気遣いながらも、多佳ともと子に同情的な視線を送ってくる。久しく人に怒鳴られたことがなかった多佳は、戸惑っていた。不愉快な思いもまた湧いてきたが、もと子まで巻き込んだことに責任もかんじていたので、黙って彼の怒りが治まるのを待った。

言葉が通じないとわかったのか、警備員はまだ何か言いたそうにしていたが、諦めて離れて行った。

「ごめんなさい。私の不注意であなたにも不愉快な思いをさせてしまって……」

多佳が詫びると、

「大原さんだけの責任ではないわ。私も気づかなかったのだから同罪よ」

と、もと子は慰めてくれた。

「疲れたわね。少し休みましょう」

もと子に促されて、一緒に近くの自動販売機でマンゴージュースを買い求め、建物から少し離れたところにある表のベンチに腰を下ろして、缶を開けた。甘すぎるマンゴージュースだったが、疲れと、喉の渇きを癒すにはちょうどいい冷たさだった。警備員に怒鳴られた不愉快さと、なぜ気づかなかったかと自分を責めるきもちとをまだ引き摺っていた。

「そう言えば、ソンイとソンギを見かけなかったけどどうしたのかしら」

心の中のわだかまりを振り切るように多佳は話題を移した。若い彼女たちと、今見てきたようなことを一緒に見たくなかった。ソンイとソンギが、あの写真にあった若い女性たちと重なってくる。昨日から行動をともにし、親切にしてもらっている彼女たちが、黄色い歯を見せてにやけて並んでいる男たちに、次から次と弄ばれて、屍のように横たわっている姿など考えたくない。

「大原さんが車の中で休んでいらしたとき、ソンイは仕事で、ソンギは大学院に戻らなければって、急いで帰って行ったわ」

「そうだったわね。二人とも音楽が専門だから毎日忙しいはずよね。ソンギは学生だからもちろんだけど、ソンイは社会人だし、彼女自身も毎日のレッスンは欠かせないでしょうしね」

学生の頃、自分たちの学部と比べて、もと子たち音大生の苦労を見て過ごした多佳には、ソンイとソンギの生活は想像がついた。

「自分のことばかり考えているけど、イ先生始め、韓国のみなさん、ご自分のお仕事をしながら私たちをもてなしてくださっているのね」

「そうよ」

声の調子は優しかったが、今ごろ気がついたの？　と言いたげなもと子の返事だった。

集合時間になって、全員イ牧師の元に集まったが、誰もが無言だった。


ワゴン車は雨上がりの道を引き返して、ソウルへと向かった。ソウルに着いたのは夕方近かった。途中から雨は止んでソウルはよい天気だった。車を降りると、夕食にはまだ少し早かったが、イ牧師に日本レストランへ案内された。寿司もうどんもある店だった。韓国風日本レストランだった。昼食を抜いて、午後にマンゴージュースを一缶飲んだだけだったが、食欲はまだなかった。断るのもまた面倒で多佳も人々の後に従った。

席についても誰もいつもの調子で雑談に興じる者はいなかった。無言の日本人たちのテーブルに、うどんと寿司四切れが銘々のトレーに乗せられて運ばれてきた。湯気をたてている丼のうどんの上には薄切りの蒲鉾ものっている。一口味わってみると、味が微妙に違う。大蒜と唐辛子の隠し味がした。韓国風ではあっても味は淡泊だった。今日の多佳にとって淡泊な味はご馳走だった。

韓国風のうどんとお寿司で一行は人心地ついたかのようだったが、夕食がすんで一日の終わりではなかった。別の目的地への移動が待っていた。夕闇に包まれたソウル市内をどこをどう走っているのかわからないまま、三〇分ほど走って着いたところはビルの地下にある広大な駐車場だった。満車の上に、通路にも車は止まっている。ドライバーのソン・スンが壁に接触しそうなほど寄せてワゴン車を止めところは、通路だった。日本ならレッカー車で移動されそうな場所だった。正規の駐車場ではないところに無頓着に止めている車が散見されるところを見ると、咎められない場所に来たのだと多佳は理解した。

イ牧師と今井先生とで、水曜日の夜に祈祷会をしている話をしていたような気もする。駐車場の広さからして、朝の五万人の教会、ユン・サム教会と規模は変わらないように見える。多佳がイ牧師に教会の名称を尋ねると、「サラン・エ・チャーチ（愛の教会）、青年たちの祈祷会です」と教えてくれた。

エレベーターで三階まで上ると会堂だった。コンサートホールのステージのような講壇を囲んで、遺跡でしか見たことはないが、古代ローマの円形劇場のように座席がある。

若者だけではなく、さまざまな年齢の人々が座席を埋め尽くし、両手を合わせ、頭を垂れて祈っている。声をひそめている者、周囲を気にすることもなく大声で祈る者、それらの声が合わさって、会堂内には人々の祈る声が大音響のように響いている。

先頭に立っていたイ牧師が、空いているところを見つけて座るようにと後ろの神学生の一人に告げ、順送りに列の最後のみな子まで伝わった。満席に近い中、一行が並んで座るのは難しかったが、漸く空いている席を見つけて、全員が腰をおろした。多佳はみな子と並んだ。

「もう始まっていたのですね」

多佳が隣のみな子に耳打ちすると、彼女もかすかに頷いた。

壇上の牧師が会衆に向かって何か声をかけると、十人くらいの人々が講壇の下に立った。牧師が一人ひとりの頭に手を置いて祈っている。そのうちの一人の若者の前に近づき、しゃがんで彼の頭を抱いた。若者は、子どものように、牧師にされるまま身を預けている。遠くて声は聞こえないが、激しく体を震わせている。多佳には彼の嗚咽が聞こえそうだった。これほど大勢の中で、牧師が一人ひとりの悩みを把握しているかのように見えて、多佳には驚きだった。多佳は母の多喜枝を思い出していた。

あのとき多喜枝は母の情をもって黙って受け入れてくれた。職場の同僚の悪意のない悪戯で、身籠もったばかりの子どもを失ったとき、夫だった勇とのあいだには、埋めることができないほど溝ができてしまった。修復する知恵もなく、術も知らなくて日を送っていることにも耐えられなくて、多喜枝のもとに帰ったのだった。多喜枝は、

「……あなたは悪くないわ。勇さんも。どうしようもないことって人生にはあるのよね」

と言って慰めてくれた。もしもあのとき多喜枝にまで責められていたら、ずっと自分を責め続けて生きてきたかもしれない。多喜枝に許されたから時間はかかったけれど、勇を許すことができた。勇にも、彼を拒んだり、許せない気持ちでいたことを謝りたいと思った。

多喜枝を失った悲しみから立ち直ったとき、意を決して勇を訪ねた。勇と二人新しい生活を始めたときは、周囲にはまだあまり建物も建っていなくて、真新しく瀟洒なアパートがひときわ目立っていて、住み心地もよく、多佳も勇も密かに満足していた。

「ここなら子どもを育てるのにもいい環境ね」

と将来のことまで語り合った。

暫く行かないうちに、アパートの周囲には建物が建ち並んで、周囲の環境も騒々しく変わっていた。勇と住んでいた二階の部屋の表札も、すでに他人の名字と差し替えられていた。勇と顔を合わせて無視されたら、と思ったとき、不安でもあったが、密かな期待もしていた。勇の元を去って二年も経つのに、まだ勇が同じ場所に一人でいると思っていた自分が、惨めにも滑稽にもなった。ほんとうに謝罪だけしたかったのだろうか。もう一度勇との生活を望んでいたのだろうか。多喜枝が亡くなるとき約束したように、武次を支えて生きていこうと決めたのに……。あの日は自分でも処理しきれない気持ちを抱えて帰途に就いたのだった。

あのときはすでに多喜枝はいなかった。抱きしめて慰めてもらうことはできなかった。それでも多喜枝に許され、愛されていたという確信があったから耐えられた。今目の前の青年は心から頼れる肉親がいないのかもしれない、と多佳は多喜枝とのことを思い出しながら、牧師に抱かれ、安心して身を任せて泣いている青年を見つめていた。

ワゴン車は、二日目の宿に向かって夜のソウルを走っている。どこに泊まるのかイ牧師しか知らない。走る車の中で、あちこち交渉して成立したところがその日の宿のようだ。夜がずいぶん更けてきた。昨夜のように午前一時就寝、二時起床とは聞いていないが、このぶんでは目的地に着いたころには深夜になっているだろう。時間が遅くなったのはソウル市長の話が一時間ほどあったからだった。ソウル市長の李明博氏もクリスチャンだから、教会の特別集会に招かれたのだと、終わってからイ牧師が話していた。李明博氏が話しているあいだは、わからない韓国語と、ときおり湧き起こる聴衆の笑い声を聞いているだけだった。終わってから、今井先生がイ牧師に聞いて、今井先生の通訳で一同は話のあらすじを掴んだ。

私が小学校に行くようになって、あるとき先生が、「この子は毎日お酒を飲んでくる」と、母に言いました。家が貧しかったものですから、家にある粗末なものをなんでも食べさせられて、それがお腹の中で発酵してアルコールのような臭いになったのです。そんなわけで、お金がないので上の学校に進学するのはとても無理、と諦めていましたが、中学を卒業するとき担任の先生が私の母に、ぜひこの子を高校に行かせてください、と何度も頼んでくださいました。しまいには母も根負けして進学を許してくれました。私のために、兄や姉たちも一生懸命働いて、私を高校に行かせてくれました。

一時間のあいだ、李明博氏はもっと多くのことを話したはずだが、末端には骨組みだけ伝わってきた。助け合う兄弟姉妹もなく、飢えたこともない身にとって、他人のサクセスストーリーは、やはり、おはなし、だ。

物心がついたときは、五人のいとこたちの中にいた。彼らには赤の他人とは違う親しみをもっていたし、自分より上のいとこたちには妹のように可愛がられた。決定的に違ったのは、彼らには時折激しい感情のぶつかり合いもあったが、兄弟姉妹としての特別な結びつきもあった。そのことを知ったのは上の従姉たち二人が順番に中学を卒業すると、家計を助けるために都会に働きに行ったときだった。

兄弟姉妹のいない淋しさを心にかんじ、姉たちに助けてもらえるいとこたちを羨ましく思っても、多喜枝の働く姿を見たら口には出せなかった。多喜枝は他人の家庭の中で、慣れない農作業をし、深夜まで縫い物をし、子どもと二人で世話になっている恩義に報いていた。

両親を東京空襲で失い、ただ一人の兄も戦死した多喜枝には、頼るところは夫の実家しかなかった。夫の武次も彼なりに仕送りはしていたと思うが、多喜枝はそれだけに甘んじてはいなかった。

あのころ、一部の金持ちを除いては誰もが貧しかったが、母に守られ、周囲の人々に守られて成長した多佳は、飢餓も、進学の妨げになる貧困も経験したことがない。

李明博市長のように苦労をしていない自分は、人間的な価値が劣るような気がした。

夜のソウルの街中をワゴン車は走る。多佳はまだドライバーの後ろの、特別席、にいた。特別席、と多佳が気付いた理由は、相変わらず最後部の座席にかけていたもと子に、

「大原さん、もう大丈夫でしょう。こちらにいらっしゃいよ」

と、微妙な命令の調子を含んだ口調で誘われたからだ。後ろを振り向くと、真ん中の席には若い神学生たちが詰め込まれたように、体を寄せ合い、足を折り曲げてかけていた。多佳は彼らに対して申しわけないと思う一方で、もと子の誘いに応じる自信がなかった。

「申しわけないけど、後ろは明日、体調が回復してからにするわ」

断るのには勇気も伴ったが、もと子や神学生たちに遠慮して、後ろに座って再び昼間のようになることの方が多佳には苦痛を通り越して恐怖だった。

ワゴン車は疲れて寡黙になっている人々を乗せて動き始めた。イ牧師とドライバーのソン・スンは道を知っていて走っているのだろうが、日本人たちは暗闇の中を行くところも知らないで運ばれていく。後ろを振り向くと、神学生たちが居眠りをしている。無心に眠る彼らの若さを多佳は羨ましく思った。

イ牧師が誰かに電話をしては、「カムサハムニダ」と言って切っている。何度目かの「カムサハムニダ」で暫く通話は止み、車は狭い路地のような道に入り、止まった。住宅街の中に五階建てくらいのビルが見えていた。暗くて建物全体の様子はわからないが、教会らしかった。

車の音に気づいてか、玄関に灯りが灯った。戸が開くと、クリーム色のスーツに身を包んだ小柄な女性が手を振りながら出てきた。イ牧師が近づいて丁寧にあいさつしている。イ牧師が朝から走るワゴン車の中で複数連絡をとって、最後に頼みが聞き入れられた教会らしかった。

女性は牧師夫人だと、イ牧師から紹介された。三十代半ばくらいに見える彼女は、夜遅い時間なのにそのまま正式な場所にでも出られそうな服装で、化粧崩れもしていなかった。彼女は日本にも伝道のために一、二年住んでいたことがあると言って、日本語で簡単なあいさつをしてきた。

午後十一時を回っていた。早く体を休めたい、という思いが多佳だけではなく、誰の顔にも出ていた。牧師夫人はイ牧師と日本人たちの様子を察してか、先に立って中に入って行った。一同が手荷物を持って彼女の後に続いた。順番にエレベーターで四階まで上がった。四階で全員合流してから、集会所のようなホールを挟んで、男性と女性の部屋が割り当てられた。部屋が決まると、一つの部屋に山積みになっていた光沢のある派手な色彩の寝具を銘々で運んだ。女性の部屋にシングルの簡単なベッドが一つあった。

「あ、私ベッドがいい。もしほかにどなたかベッドがよろしかったら、じゃんけんしません？」

じゃんけんで負けても諦めがつく程度の願望だったが、誰も名乗り出ないことを願った。多佳の願いは叶った。

「あなた、落ちないでよ。やだな、あなたの下に寝るの怖いな」

隣に布団を敷き始めたさき子が真面目な顔で言った。さき子には借りがあった。また迷惑をかけられてはかなわない、という思いが彼女にはあって当然だと思ったが、多佳も少しは傷ついた。

「じゃ、私が大原さんの隣になるわ」

もと子が言うよりも早く、さき子と場所を変わった。

「津山さんの上に落ちたらごめんなさい。まだ一度もベッドから落ちたことはないけれど、絶対ということはないから、最初にお詫びしておくわ」

「ええ、ええ、大原さんとは何度もご一緒に旅行してわかっているから大丈夫よ」

もと子に信頼されていると言うより、諦められているのかもしれない、と思って多佳は苦笑した。

みな子は一番端で、ひっそりと布団の上に座って手荷物を開けて中の物を整理している。一つのベッドと、並べて三人分の布団を敷くと、床はいっぱいで、作業は布団の上でするしかなかった。寝る場所を確保できて、まだ体を横たえるまでなし終えなければならないことが残っていたが、その前に、誰かにドアをノックされた。

「ミーティングをしますから、ホールに来てください」

若い神学生の声がした。（こんなに遅い時間なのに……）心で呟きながら、多佳も女性たち三人の後に続いた。

ホールには座卓のような低いテーブルが並べられ、牧師夫人が用意してくれていた葡萄とカップケーキが、別々のお皿に山に盛られていた。牧師夫人は歓迎の言葉を述べ、食べ物を勧めると、あいさつをしてどこか自分の住居に帰って行った。

「こんなに遅い時間なのにおもてなしをしていただいて、申しわけないわね」

誰からともなく声が上がった。

女性たちは誰も食べ物には手を出さなかったが、今井先生も若い神学生たちも競って手を伸ばしていた。

「食べながら聞いてください。明日の起床時間ですが、何時にしますか」

多佳はイ牧師に個人的に聞かれたようにかんじて、

「私個人としましては、八時まで寝かせていただきたいです」

また、悔い改めなさい、と言われるのを覚悟で言った。

「よろしい、では八時にしましょう。朝食は九時にします。いいですね」

誰も反対などしなかった。

話が決まると女性たちはそそくさと部屋に戻った。男性たちがまだケーキや果物を食べているあいだに、女性たちは一つしかないシャワーを交代で浴びた。ミーティングから一時間以上が過ぎた。起床時間まで四、五時間しかないが、昨日に比べたらまだましだった。

九月でも大人が四人で狭い部屋にいると蒸し暑かった。多佳がふと窓に目をやると、エアコンの細い配水管が窓から外に出ていて、窓が一センチくらい開いていた。(四階だし、防犯上も問題ない、若くはないけれど、女が四人もいるのだから)と気にしないことにした。

翌日この一センチの隙間から、夜中に蚊が侵入してきて、四人ともさんざん襲われることになるのだったが。

翌朝、多佳が八時に目を覚ますと、他の三人の女性たちの姿はなかった。物音もしないところを見ると、どこか静かな場所を選び、聖書を読んだり、祈ったりしているらしかった。彼女たちは伝道師と神学校の聴講生、私はただの信徒、と開き直った。若い神学生たちも熟睡しているらしく、彼らの部屋も静まり返っている。シャワールームから漏れる音は、イ牧師か今井先生がシャワーを浴びている音かもしれなかった。彼女たちが戻って来る前に、と多佳も階下のトイレの手洗い場で洗面をすませ、身支度を整えた。

少しは気が咎めて、ベッドに腰掛けて聖書を開いたところに三人が別々に帰ってきた。

「大原さん、ぐっすり眠っていらしたわ。お疲れになったのね」

と、もと子に言われたが、多佳にしたら熟睡したのは明け方の一、二時間だけだったような気がする。すっきりしない頭と、腫れぼったい目をして、多佳も朝食の準備に、昨夜ミーティングをした部屋に向かった。

若者たちも寝不足のような顔をしていたが、一番年少者のよしやが落伍しないでいることに、多佳は感心していた。

ホールの、座卓のように低く、細長いテーブルの上には、韓国風海苔巻き寿司とメロンがお皿に山盛りにして並べてあった。昨夜の牧師夫人が運んできてくれたのだった。彼女はイ牧師と今井先生と何事かを話すと、笑顔を残して帰って行った。イ牧師から、もう一晩この教会に泊めてもらうことになった、と報告があった。多佳はひとまず安堵したが、一晩過ぎたら、イ牧師はまた次の宿の交渉をするのか、と気が重くもあった。

朝食は食欲旺盛な若者たちが満腹するまで食べても、もう一食分ありそうなほど残った。もと子とさき子が残った食べ物を冷蔵庫にしまいに行った。そのあいだ、多佳とみな子は食器を洗った。みな子が洗って、多佳がすすぐ役を引き受けた。すすいだ水を捨てるとき、水が排水口からなかなか流れていかなかった。

「配水管のどこかが詰まっているのですね、きっと。そのうち流れるでしょうからほっときましょう」

洗い終わったみな子も多佳に同調した。多佳には、泊めてもらうのは二日間だけだし、このままなんとかなる、という思いがあった。

一息入れてから、イ牧師の指導のもと、聖書の学びが始まった。若い神学生を対象にした旅なのだから当然だが、旅程がきつい旅の中での学習は、聖書でなくても多佳には苦痛だった。

「大原さん、始めにお祈りをお願いします」

心の中を見透かされた、と思うほどタイミングよく、今井先生に言われた。突然で多佳の頭は混乱して、気持ちも動揺した。断ることは暗黙のうちに許されなかった。

「神様、韓国ゴスペルツアーを今日までお守りくださってありがとうございます。まだ韓国と日本の関係について、ほんの少し知ったに過ぎませんが、韓国の人々が味わった苦しみを、自分のこととして考えたこともありませんでした。また、昨日独立記念館で見学したようなことはこれまで知りませんでしたし、知る機会もなく、知ろうとも思いませんでした。今でも私には何ができるのかもわかりません。このように、わがままで、自己中心的な者を、イ先生はじめ韓国のみなさまが温かくもてなしてくださることに、心から感謝しています。また今井先生、神学生のみなさんとともに、学びの場に置いていただき、ありがとうございます……」

まだ途中だったが、涙で声が詰まった。多佳には説明のつかない涙だった。涙はもと子に伝染して、さき子とみな子にも移っていった。まもなく日本語のわからないイ牧師によって聖書の学びが始められるまで、人々の沈黙にすすり泣きが混じって時間が流れた。一、二分間だったかもしれないが、多佳には十分も経ったかのように長くかんじられた。

イ牧師の英語を今井先生が通訳し、大学の授業のように進んでいく。大学と違うところは学んだことを、試されないことだった。勇気があれば眠っていても自由だ。勇気などなくても眠気は襲ってきた。多佳は意志の力でも打ち勝てない強力な敵と、メモをとりながら戦っていた。夜通し取り調べを受けて、嘘の自白をしてしまう人の心理状態がわかるようだった。字が乱れて記号のようになった。聞き取って記憶に留めながら書くのではなく、書く、という動作をしているに過ぎなかったが、単純な動作さえ続行が困難になって、書く手を休めた。記憶に留めることができないのだから、書かなければ何も残らない。手や頬をつねっても睡魔は去らなかった。目を開けていられなくなった。眠りの中に吸い込まれそうになったとき、激しい音で我に返った。

イ牧師が平手でテーブルを叩いたのだった。それほど大きな音ではなかったかもしれないが、心にやましさがあったので、多佳にはひどく大きな音に聞こえた。

「パウロは福音を述べ伝えることを恥とはしませんでした。主イエス様がお命じになったからです。なぜでしょうか。福音を待ち望んでいる人がいるからです」

今井先生の通訳した日本語を、慌ててノートに書き取った。多佳が顔を上げると、向かい側に座ってばつの悪そうな顔をしている若者たちと目が合った。イ牧師のテーブル叩きは全員にとりついた睡魔を追い払うためだったのだ。多佳は自分だけではなかったことに安堵した。

とてつもなく長い時間にかんじられた聖書の学びは、一時間ほどで終わった。終わったとたん、多佳を襲っていた眠気は去った。

睡魔との戦いの学習の時間は終わって、聖書や筆記用具など片付けているところに、ソンイとソンギの姉妹がやって来た。彼女たちは仕事や研究の合間に、自分たちのグループが招いた日本人たちの世話をしに来てくれたのだった。姉のソンイは勝手を知っているらしいホールの冷蔵庫から、朝の残りの海苔巻きと、ほとんど手をつけていなかった西瓜を出して、おやつに、と勧めてきた。朝食からまだ一時間余りしか経っていなかったが、ソンイの勧めに素直に従って、もう一度みんなでテーブルを囲んだ。

それぞれが違った言語や文化を持っている二つの国の民族同士、言葉が通じなくても、心が通じ合うようになっていた。同じ皮膚の色をして、今食べている物も限りなくお互いの国の物に近い。

(これほど近い国で、似ている民族同士なのに……)

多佳は今井先生の資料を思い出していた。今ここで睦まじく食事をしている、イ牧師も、ソンイとソンギの姉妹も、ドライバーのソン・スンも、今どこにいるのか姿はないがキム・ジンキ夫妻も、家族の誰かが日本の植民地時代に、支配され、韓国人として生きる権利を奪われていたのだ。立場が逆だったら、と多佳は考えようと努力してみたが、支配されたことがない身には理解できることではなかった。ただ、彼らがすべてを乗り越えてもてなしてくれているのだとしたら、と思っただけで、多佳の心は痛んだ。

「食べませんか？」

押し黙って、食べ物を口に運ぶ手を休めていると、隣に座ったソンイが、多佳の顔を覗き込むようにして聞いてきた。姉のソンイは結構まともな英語を話す。

「まだお腹がすいていない」

中学生のような英語で多佳は答えた。

「じゃあ、お昼にロッテワールドで食べましょう」

ロッテワールド、と聞いて若者たちの表情が輝いた。ロッテワールドは観光名所らしい、と多佳はもと子とさき子の会話から知った。神学生でもやはり若者なのだ、と多佳は可笑しさをこらえた。

まだ旅は始まったばかりだ。この旅がどのように続いて行くのか、まだ誰もわかっていなかった。イ牧師やソンイたちが立てた計画に沿って、彼らとともに時間を積み重ねて、一人ひとりの旅の経験が出来上がるのだ。多佳は昼間見たモザイク画を思い出していた。

# 漢江《ハンガン》のほとりで

耳元で蚊の鳴く音がした。かすかな羽音だが、多佳には酷く耳障りな音だった。音が聞こえた時にはどこか刺されているのだ。敵の襲撃に遭ったかのように多佳は飛び起きた。暗がりの中、手探りで壁のスイッチを探して押した。多佳のベッドの下に布団を並べて寝ていたもと子たち三人が、顔を顰めた。

「わあ、見て！　蚊の大群！」

多佳が叫ぶと三人とも朦朧として起き上がった。急に明かりを点けられて戦意を削がれた蚊が、点々と白い壁に張り付いている。十数匹、二十匹はいる。多佳は足音を忍ばせて、全身の力と神経を集中させ、一匹に狙いを定めて平手で打った。蚊が潰れて、壁に血と蚊の死骸がこびりついた。四人のうちの誰かの血だ。身動きできないほど血を吸って壁にへばりついている蚊を多佳は狙いを定めて片っ端から叩き潰した。そのたびに血と蚊の死骸が壁に残った。

「大原さん、すごい！」

一匹も逃さずに蚊を退治した多佳に、もと子が唖然として言った。

「やっぱり私よりは若いのね」

四人の女性たちの中で一番年長のさき子が、かなわない、とばかりに言った。みな子はつつましく微笑んでいた。

「私、田舎で育っているから、蚊を潰すくらい何ともないの。蚤だって虱だって潰せるわよ。もっともああいう類の昆虫と共存するのはもう勘弁してほしいけど」

多佳の言葉には実感がこもっていた。

母の多喜枝と伯父の家に身を寄せていた子ども時代が思い出される。母屋と納屋に挟まれた細長い一間が、母子の住処だった。伯父夫婦と五人の子どもたちが暮らす家では、家族以外の誰かに一部屋を提供することは、家族に負担や犠牲を強いることだった。誰よりもわかっていても、東京空襲で両親を失い、ただ一人の兄も戦死してしまった多喜枝にとって、頼れるのは夫の親戚しかなかった。戦争が終わっても、職業軍人だった夫の仕事はいつまでも定まらず、肩身の狭い思いをして、子どもと二人で身を寄せていたのだった。

貧しくとも、多佳が、肩身が狭い、とかんじなかったのは、父の武次がそれなりの仕送りをしていたこともあっただろうが、子どもを守るために、多喜枝が伯父夫婦たちに交じって、慣れない農作業を、身を粉にして手伝っていたからでもあった。

多喜枝と暮らした部屋は、もとは物置だったところを改造したらしく、東西と北側が塞がっていた。風通しの悪い部屋でも多喜枝は雨の日以外は農作業の合間に、南側の引き戸を開け、空気を入れ換え、布団を干し、ときには部屋の板の間に敷いてあった筵も干していた。

多喜枝が神経質なくらい換気をし、寝具や筵を日に当てるのは、不快な害虫の侵入から自分と子どもの身を守るためだったのだが、梅雨時から夏にかけて、どこからともなく、褐色の、驚くほど高く飛び跳ねる、ごま粒のように小さな虫が多佳と多喜枝の布団の中にも闖入してきた。

農作業で疲れているはずの体で、深夜まで裸電球の下で縫い物をする多喜枝だったが、夏のあいだは夜中に、自分と子どもの布団を剥いで、念入りに蚤を探して見つけ出しては潰していた。

多喜枝は毎夜多佳の髪を洗うことも忘れなかった。伯父夫婦といとこたちが入浴し終わって、一番最後に多佳は多喜枝と一緒に五右衛門風呂に入るのも楽しみだった。お湯が少なくなった風呂に、多喜枝が木の桶で井戸水を汲んできては足して、薪を燃やして再度沸かして入るのが常だった。薪がうまく燃えないと煙が立ち、薄暗い浴室で、目をこすりながら火吹き竹を吹く多喜枝の姿を多佳は今でもはっきり思い出すことができる。

シャンプーもなかなか手に入らなくて、多喜枝は日焼けした手で浴用石けんを泡立てて、念入りに多佳の頭を洗った。湯から上がると、古びて薄くなったタオルで多佳の髪をよく拭き、柘植の梳き櫛で多佳の髪を丁寧に梳いてくれた。細かい櫛の目によく肥えた虱がかかることもあった。多喜枝がいくら退治しても、別の虱が、多佳が学校で友達と仲良く頭をつけたりして遊んでいるうちに、多佳の頭を住処としてしまうのだった。

冬のよく晴れた日、狭い部屋の日当たりのいい場所で、多佳は多喜枝の膝に頭を乗せて、髪を手で細かくかき分けながら見てもらうのが好きだった。後年、動物園で猿の母親が子どもの蚤取りをしている様子を見て、あのときの自分たち親子の姿だ、と苦笑したが、親近感も覚えた。

多喜枝の恒例の髪梳きも、虱取りも、あるときを境に終わりを迎えた。小学校で、一列に並ばされて、教師に、

「顔に両手を当てて。息吸ったらだめだよ」

と言われて白い粉を頭に振りかけられて、虱退治が行われるようになった。幾度か繰り返されているうちに、蚤も虱もいつしか人体や布団の中で生存できなくなっていった。

人体に有害な白い粉はアメリカから入ってきたのだろうが、その後使用も禁止になった。かなり危険も強いられたこども時代だったが、多佳にはすべてが懐かしい。多喜枝と過ごし

た時間が、ある部分、過酷や悲惨であったとしても、多喜枝が世を去り、長い時間が経って、すべては濾過され、透明になって蘇る。

多喜枝には追い込まれた境遇だったが、まだ乗り切る若さがあった。今、自分があのころの、多喜枝のような経験を強いられることになったら……、耐えられるとは思えないが、追い詰められれば死よりも生きることを選ぶのだろう。

一昨日の夜、イ牧師の交渉が成立して、この教会が九人の日本人たちを好意的に受け入れてくれたのだった。ゲストルームに案内されたとき、窓が一センチくらい空いていたのだが、多佳は気にしないことにしたのだった。疲れていて横になってすぐに眠りに落ちてからは、少しくらい蚊に刺されても気づかなかったかもしれない。昨日の朝は誰も蚊に刺された痕跡はなかった。

昨夜、寝る前に窓から外を眺めたとき、暗闇だったが、雲が重く垂れ込め、空気が湿っていた。

(このような夜は、蚊が屋内に入ってくるかもしれない)

多佳は本能的に思った。梅雨明け間近から、初秋にかけて、家の北側と南側の戸を風通しのために開けて、夕方までうっかり閉め忘れていると、その夜は音もなく侵入した蚊に、腕の柔らかいところや首筋を刺されて悔しい思いを毎年している。痒いだけではすまなくて、刺されたところが化膿してしまうこともある。

多佳が予感した通り、二日目の夜、蚊は人間たちの生き血を吸いにやってきた。

「私たちの血を吸った蚊は雌かもしれないわ」

「どうしてそんなことがわかるの」

独り言のように言った多佳に、もと子が言った。

「テレビの、子どもの科学番組か何かで以前見たような気がするわ。それとも中学の先生だったかしら……。その辺の記憶は曖昧だけれど、確か蚊はお腹に子どもを持つと、人間の血を吸いにくるんですって。自分の命を守るためらしいわ」

蚊に母性本能があるとは思えないが、子孫を守るためか増やすためか、自分だけの命を守るためか、他の生き物の血を吸う習性があるのだろう、と多佳は考えていた。

「人間を襲いにきたのが間違いだったのよね。人間ほど獰猛な生き物はいないんだから。あらゆる知恵を駆使して、自分以外の人間や動物を犠牲にして生きているのだから」

自分への反省も込めて多佳はまた独りごちた。

「大原さんの特技のおかげで、蚊は全滅したけど、私たちしっかり刺されてしまったわね。見て赤くなってきたわ」

首筋を掻きながら、もと子がパジャマの腕をまくって見せた。もと子だけではなかった。さき子もみな子も被害に遭っていた。

「虫刺され用の薬、どうぞ」

傍らのバッグを弄っていたみな子が、チュウーブに入った薬を取り出すと、誰にともなく言った。三人は順番にみな子の薬を、顔や手や首など、蚊に刺されて赤く膨れている箇所に擦りこんだ。

「大原さん、蚊は退治していただいたけど、壁の血はどうする？　私たちこの教会に好意で泊めていただいているのに、部屋を汚しては申しわけないと思わない？」

もと子の言うとおりだが、多佳にも言い分はあった。

「そうね。明日の朝ティッシュを濡らしてみんなで拭き取りましょう。でもね、この部屋は教会のゲストルームでしょう？　エアコンをはめた窓は、隙間が出来て今夜のように蚊が入ってくるでしょう。蚊は病気を媒介するし、やっぱり事前に蚊の対策はしておくべきだと思わない？　少しは気づいてほしいから、このままにしておきましょうか」

と言ってから、

「と言うのは冗談。明日になると血が固まって落ちにくくなるから、今みんなでやりましょう」

バッグからウエットティッシュペーパーを出して多佳はほかの三人にも配った。

「夜中に蚊をやっつけたり、壁の血の始末をしたり、面白い旅ね」

多佳が呟くと三人が笑い出した。

拭き終ったウエットティッシュペーパーを集めて、多佳がホールにある流しの側のゴミ箱に捨てに行くと、よしやが一人でいた。しきりに手や足を掻いている。

「あら、あなたも蚊にやられたのね」

「そうなんですよ。蚊の奴にぼこぼこにされちゃった」

多佳の方を見もしないで、よしやは掻くことに専念している。

「あなたたちは若いからたくさん襲われたでしょう。私たちのように年寄りでさえもやられたんだから」

「ああ、もう気が狂いそうだ」

答えるかわりによしやは腕を激しく掻いた。

「ちょっと待ってて。小山先生に虫刺されの薬を借りてきてあげるから」

部屋に引き返して、多佳はみな子にもう一度虫刺されの薬をバッグから出してもらった。まだ掻き続けているよしやに渡すと、よしやは不器用な手つきで腕や顔まで薬を塗った。

神学生たちのあいだから、よしやは裕福な家庭の息子だと漏れ聞こえている。よしやのこれまでの人生の最初から裕福だったのか、それとも途中からだったのか、どちらであっても、今は夜中に蚊の大群に襲撃されるような環境に暮らしてはいないだろう。蚊の出来事も含めて今回のゴスペルツアーは、よしやのこれからの人生にどのような影響を及ぼすのだろう、と多佳は屈託なく薬を塗るよしやを肉親の情に近い感情をもって眺めていた。

痒みが治まったらしく、よしやは礼を言って薬を返してよこすと、部屋に戻って行った。ほかの若者たちも被害に遭っているのだろうが、誰も起きては来ないし、物音もしない。よしやが集中的に襲われて、少し年長の神学生たちは被害が少なかったのかもしれない。

多佳が部屋に戻ると、横になった三人の女性たちのあいだから、寝息や軽い鼾が漏れていた。多佳も、音を立てないようにしてベッドに横になった。目を閉じてもなかなか眠れなかった。韓国に来てからのことが、次々と頭の中を駆け巡る。やがて考えることにも疲れ、記憶が薄れていった。

どのくらい眠っただろうか。叩きつけるような激しい雨の音で目が覚めた。

(やっぱり降り出したわ。蚊の次は大雨か……)

隣の集会室で何やら音がする。すっかり目が覚めて多佳はベッドから起き上がった。暗がりの中、音をたてないようにして部屋を出た。

集会室の流し場で、今井先生がTシャツ一枚になって配水管の掃除をしていた。昨日から流しの排水が悪く、誰もが気づいていたはずだが、誰も口にしなかった。多佳は、(どうせ一晩か二晩泊まるだけだし、私はこのメンバーでは一番責任のない身分だ)と思って流しのことは思考から外していた。急に後ろめたい気持ちになった。

「先生、申しわけございません。私たちがやるべきことですのに……」

そう思ったのも事実だった。

「夕べから気になっていましてね。よし、今晩やってやろう、と思ったんですよ」

今井先生は淡々と言い放った。

「根元の方まで配水管を外してみたんですが、流れないですね。もっと下の方、床の方まで詰まっているかもしれませんね」

流し台の扉を開き、腰を屈めて中を覗きながら今井先生は考えている。

多佳は立ち尽くして見ているだけだった。部屋に引き返したかったが、それもできなかった。心の片隅でわずかな良心が疼いていた。イ牧師を差し置いて決して出過ぎることのない今井先生の一部でもあり、多佳には全体像にも見えた。

母の多喜枝から、いやなことからは逃げるようにと教わったことは一度もなかった。伯父の家に世話になっているときも、多喜枝は華奢な体で、よろめきながらも肥桶さえかついだ。慣れない農作業で体を酷使して、夜は縫物をする多喜枝の姿を、多佳は見慣れて成長した。

今井先生が今していることだって、多喜枝だったら真っ先に黙って自分でしたはずだ。いつも多喜枝は誰かのために生きていた。その多喜枝の娘でありながら、身勝手に生きている自分を多佳は情けなく思ってもいる。

今井先生は牧師で、グループのリーダーだからあたりまえ、とどこかでささやく声もする。

「先生、お手伝いしないで申しわけございません。お先に休ませていただきます」

やはり手伝おうとする気は起きなくて、多佳はその場を去った。


夜が明けても雨はまだ激しく音をたてて降っている。昨夜は蚊の襲撃に遭って、少ない睡眠時間はさらに削られてしまった。頭の中にはまだ靄がかかっているようだ。はっきりしない頭で手荷物の中から洗面用具を取り出すと、多佳は一人で下の階に下りた。どんな目的で使われるフロアなのか人の気配はない。平日の朝だからかもしれなかった。踊り場のすぐ側のトイレは薄暗く、一人だと気味が悪い。一方で、一つしかない水道を独占できる、と内心喜んだ。

人と競ったり、並んで順番を待ったりすることが多佳は苦手だ。その境遇や環境に追いやられたら受容する術は知っているが、大かた敗北感を味わうか、最後尾に押しやられる。挙句の果てにマイペースだと他人からは評価される。他人の評価にも慣れてきたが、やはり競うことも忍耐する必要もないことのほうが心地よい。誰を待つことも待たせることもなく、多佳は安心して冷たい水で顔を洗った。知覚が戻ったところで化粧も済ませた。

部屋に戻ると三人の女性たちも身支度を整えていた。さき子が化粧をしている。数に限りがある洗面所を、さき子が先に使ったのだろう。

「平野さん、ご迷惑かもわかりませんが、私にメークのお手伝いをさせてくださらない。私、前に有名なメークアップアーティストのセミナーに出たことがあるの」

一年ほど前、近年開けてきた地域にあるホテルで開かれたメークアップセミナーに参加したことがある。ほとんど興味のなかったことだったが、ある偶然に心を動かされた。いつからだったか思い出せないほど前から、多佳は長年見慣れていたはずの自分の顔を、醜い、とかんじるようになった。年を重ねてきたのだから、と自分の主観に折り合いをつけていた。あるとき、友人に誘われてホテルで開催された昼食会に参加した。新しいホテルなので、客集めのために次々とイベントを開催していたのだろう。そのホテルからメークアップセミナーのダイレクトメールが届いたのだった。

宣伝文句につられて、多佳は参加を決めた。まだ繕えばどうにかなる、と思っている自分に苦笑しながら、その日多佳は一人で出かけて行った。

横文字のつくそのアーティストを多佳は知らなかったが、テレビにも出ている有名なアーティストだと、当日ホテルの担当者から紹介された。彼のやり方は一貫して薄化粧だった。

「年をとったら、しみや皺が増えるのは当たり前なんですから、隠そうとして無理に厚化粧はしないで、ファンデーションはできるだけ薄く伸ばしてください」

彼の説明を聞きながら自分でも実際に化粧をしてみて納得した。今まで逆のことをしていたから、ますます醜くなっていたのだった。化粧をしたからと言って顔が変わるわけはないが、少なくとも自己満足はした。

「平野さん、ちょっとごめんなさい。せっかく塗られたファンデーションだけれど、薄く伸ばしますからね」

さき子が厚めに塗ったファンデーションを、多佳はスポンジで伸ばして地肌が見えるようにした。さき子は多佳に任せ切っている。多佳は薄化粧を意識して、さき子の顔に化粧を施していった。

出来上がった顔を携帯用の手鏡に写して見ていたさき子の顔が弛んだ。自分の手によって誰かの何かが変えられて、喜んでもらえるのも悪くない、と内心多佳は満足だった。修行のような旅の中の、束の間の平和な時間だった。


二日間の宿を提供してもらった教会を後にするときがきた。信徒との交流はなかったが、二日間の滞在で、蚊に襲われたり、流れの悪いキッチンの使用に甘んじたりしたが、後味の悪さは残っていない。むしろ誰からも干渉されなければ暫くここで生活してもいいとされ思った。住宅街ではあるが、周囲の風景はどことなく子ども時代を過ごした田舎の風景に似ていた。

ワゴン車は教会の隣の畑に少しの空間を残してとまっていた。いろいろな種類の秋の野菜がフェンス越しに見える。まだ若い唐辛子もある。

「キムチの材料かしらね」

誰にともなく言ったが、誰も関心を示さなかった。

フェンスに寄りかかるように色とりどりのアスターが咲いている。多喜枝の好きな花だった。平凡な花だが、細い花びらが集まって形よく咲いている。中でも多喜枝は純白の花を好んだ。

「白も燃える色なのよね……」

自分で育てた花を見て、あるとき多喜枝が呟いた。多喜枝の心の中を理解するには多佳はまだ幼かった。

今間近に見ると、純白には犯しがたい気品や、内に燃える激しさがかんじられる。多喜枝は若いころ何に命を燃やしていたのか……。一度多喜枝に、武次と結婚してよかったか、と聞いたことがある。多喜枝は少し考えて、あなたが生まれてきてくれたからよかった、と答えた。あのときもまだ子供で多喜枝の言葉をそのまま信じた。多佳も、多喜枝の娘でよかった、と思って成長した。

あの夜、多佳が目を覚ますと、多喜枝は薄暗い電灯の下で縫い物の手を休め、頭を垂れ、無言で祈っていた。ときおり多喜枝は誰にも気づかれないように、聖書を読んだり、祈ったりすることはあったが、あの夜の祈りは誰かに赦しを乞うていたように、多佳には思い出される。

もしかしたら、多喜枝には言葉に出せなくて、内に秘めていたことがあったのかもしれない。戦争がなければ、多喜枝は武次と結婚しなかったのではないか、このごろ多佳はそう思う。そうすると、自分はこの世に存在しなかったことになる。それもよかったかもしれない。子どもがいなければ、夫の実家で慣れない農作業をして寿命を縮めることはなかった。

両親が空襲で死ななければ、ただ一人の兄が戦死しなければ、多喜枝はもっと違った人生を歩んでいたかもしれない。多喜枝は自分の過去をあまり語りたがらなかった。もしかして、口には出せないほどの深い傷を心に負っていたのかもしれない。

(母は何もかも自分で抱えてしまう人だった)

と多佳は思い返していた。

もと子たちがワゴン車の後ろから乗り込んでいるあいだ、多佳はアスターに目を奪われていた。この花を同じ場所で再び見ることはない。記憶にさえ残っているかどうかわからないが、花はしばしば亡き母を偲ばせてくれた。

運転席のすぐ後ろの快適な座席に、多佳とみな子は今井先生を挟んで掛けた。車酔いをしてから暗黙のうちに前の席を譲られていた。後ろの席に押し込められて、膝を抱えるようにして乗っている神学生たちに同情して、もと子が一、二度後ろに座るように声をかけてきたが、多佳は応じなかった。もと子は多佳の表面だけを見て大丈夫と判断したのだろうが、多佳にはもと子が思っているほど体調に自信がなかった。快適な座席に座っても、再び醜態をさらすのではないかという不安と、身勝手な人間と思われているのではないかという恐れとの戦いはあったが、突然襲ってくる、意思力では防げない気分の悪さを思うと、人にどう思われているかなど気にはしていられなかった。

多佳が後ろめたい気持ちを引き摺りながら着いたところは景福宮《キョンボックン》だった。今井先生の資料によると、李王朝最初の宮殿で、豊臣秀吉の最初の侵略のときに消失し、今も復元工事が続いているはずだった。一番奥には、一八九五年に日本の公使三浦梧楼の陰謀によって明星皇后が殺害された現場がある、とも書いてあった。

日本人が他国を侵略し、宮殿を破壊したり、皇后を殺害したりした場所を見学するのは、同じ日本人としてやりきれない気持ちがする。この国のどこに行っても日本の爪痕が残っているから、しかたがないとは思うが。

「建物の中は工事中ですから、今日は見学できません。外側だけご覧ください」

門を入ったところで、イ牧師が言った。二日前、歴史記念館で日韓の過去の歴史をまとめて知らされ、多佳はまだ自分の無知を恥じていた。今度の旅に招いてくれたイ牧師を始め、キム・ジンキ、スンヒ夫妻、ソンイとソンギ姉妹、ドライバーの青年ソン・スン、これまで出会った韓国の人々、彼らに償いきれない負債を作ってしまった、とさえ思っている。さらにまた歴史記念館の記憶をなぞらなければならないのだとしたら、少し気持ちを軽くする時間が欲しかった。工事中、と知らされ喜んでいる自分の心の中を、誰かに見透かされはしないかと多佳は少し緊張した。

少し気持ちも解放されて冗談も出始めた一行に、イ牧師はすかさず仕事を与えてきた。抱えてきた教会の小冊子を若い神学生たちに手渡して、

「通行人に配りなさい」

と指示してきた。多佳たち年配者も十数冊手渡された。なんと言って配ったらいいのかと多佳がイ牧師に尋ねると、

「イエス・サラン（イエスの愛）と言いなさい」

と返ってきた。多佳にとっては勇気のいることだった。路上で配られる広告などいつも避

けて通っている。たまに断り切れなくて一旦受け取るときもあるが、手にした瞬間捨て場を探している。今度は反対の立場になるのだ。いくらか気持ちが楽なのは、場所が外国だということだった。

意を決して、多佳もグループから少し離れて配る相手を探した。なるべく日本人ではない相手を探して冊子を手渡した。不正確な韓国語の発音で話しかけられた人々は、一瞬戸惑いながらも、受け取ってくれた。日本に比べたらかなり受け取る確率は高い、と多佳は手応えをかんじていた。

手持ちの小冊子を配り終えてから『謹政殿』と表示のある建物の前で、多佳はみな子と写真を撮り合った。ガイドブックには景福宮の正殿と書いてある。詳しくは書かれていないが、外敵に、破壊されたり、焼かれたり、再建されたり、今また修復なのか修繕なのかされているこの門は、幾多の人々の叫びを聞き、流された血を浴びたことだろう。今泰然としたたたずまいを見せてはいるが、多佳は、いつかまた無くなってしまうような不安な気持ちになった。

みな子は旅行の初めからこまめに写真を撮っている。伝道師をしている彼女は、帰国してから神学校で報告をする責任があるのだろうが、多佳にとっては写真を撮る意味はあまりない。年老いた武次に見せてもそれほど関心を示すとは思えない。多佳自身も今はまだ写真を見て思い出に浸る余裕はない。武次との生活の中でごく稀に興味のある内容の講演会に行ったり、友人に誘われてコンサートや映画に行ったりするだけの日常だが、もてあますほどの時間はない。これから先、老いていくばかりの武次のために費やす時間がますます増えて、生涯余裕などもてないかもしれない。先のことを考えると、出口の見えない迷路に迷い込んだような気分になる。

今は武次も娘の負担になるまいとして、庭の手入れや植木の世話をしたりして精一杯生きているのだ。

「あなたは幸せよ。気を遣う相手もいないし、自由に生きていられるのだから」

と言う人もいる。大抵はあまり深い付き合いのない人たちだ。深く付き合っていても、ほんとうのところは誰にもわからない。ともかく今自分が置かれている立場は、幸せ、ということになるらしい。幸せの基準は彼らが自分と比較して、経済的なものであったり、時間的なものであったり、といろいろだが、多佳はそのたびに苦笑する。

客観的な多佳の幸せは、武次が健康で生きているあいだ、という期限付きでもある。武次がもっと老いて介護を必要とするようになったり、この地上を去って、多佳が天涯孤独になるときがきたなら、期限は切れる。そのときに自分を不幸、と哀れんで生きないように、多喜枝は最後の力を振り絞って、「あなたも……」と言ったのだ。その後は、あなたも自分の人生を自分らしく生きなさい、と言われたのだと多佳は思ったのだが……。

自分らしく生きるためにも今度の「ゴスペルツアー」は一つの経験なのだ。と少しずつ思えるようになってきた。

みな子と写真を二、三枚撮り合ってから二人で連れ立って集合場所の横にある売店に寄った。多佳は売店で棗の櫛を一つ買った。棗が好きだということでもないが、天然の材質が気に入ったことと、韓国らしいと思ったからでもあった。ささやかなものを手にして、人心地ついた。

午後の最終目的はヨイド教会の徹夜祈祷会だ。これから夜までの時間をどう潰すのか、と考える必要はなかった。イ牧師の思いつきか、計画か、ともかくワゴン車は景福宮を後にした。どこを走っているのかわからないうちに、南大門の市場に着いた。南大門は誰かの希望だったのか、これも定かではなかった。着いてから南大門の鞄類を売っている一つの通りを連なって歩いて終わりだった。店の両側から、やすいよー、とか、中には商品を持って、偽物やすいよー、と店員が声をかけてくる。一行の誰もが無視に近い態度で通り過ぎた。買い物をしないのに商店街を通過するだけの生活をしていない多佳にはいささか抵抗があった。

通りを抜けたところにレストランがあった。躊躇する様子もなくイ牧師が先頭に立って中に入った。もしかして、今の南大門の通りはこのレストランに入るための近道だったのか、と多佳は考えた。夕食にはまだ少し早い時間だったが、早過ぎることもなかった。日本ならさしずめ大衆食堂、と呼び名がつきそうなレストランはまだ客が少なかった。イ牧師に、何を注文するか銘々聞かれたが、誰も希望を出すほど料理の種類を数多く知っている者はいなかったので、イ牧師の推薦に任せることになった。

料理を待つあいだ、神学生たちのついたテーブルで、まことが何か冗談めいたことを言って若者たちを笑わせている。女性たちには何を言っているのか聞き取れなかったが、彼らのエネルギーだけはかんじられた。

主菜の前に数種類のキムチが運ばれてきた。今井先生がさっそく白菜のキムチに手をつけ、女性たちも倣った。白菜のキムチだけはすぐに無くなり、今井先生が、おかわり、を申し出た。店員がいやがらずに同じ皿にキムチをのせて持ってきた。韓国ではキムチのおかわりは自由なのだと、今井先生が教えてくれた。まもなく運ばれてきた料理は何とか、たん、と名がつく雑炊のようなものだった。中に入っている肉は牛肉だった。大蒜や唐辛子がふんだんに入っていて、牛肉臭さは消されているはずなのだが、それでもスープに牛肉の匂いが残っていて、多佳は食べきることができなかった。

幼い日、伯父の家で肉牛を一頭飼っていた。伯父や義理の伯母や従姉や従兄たちは、リヤカーに山ほどの草を毎日刈ってきては食べさせていた。多佳も子どもながら、牛は大事にされて、いい表情をしている、と思った。

秋の収穫がすんだある日、その日は特別に牛には細かく刻んだ草にたっぷりの米糠をからめたご馳走が朝も昼も与えられた。食事がすむと、伯父と義理の伯母が丁寧に牛の体をブラシで撫でていた。その夜伯父は牛小屋に寝具を持ち込んで、牛と一緒に寝た。

翌朝、荷台を囲った一台のトラックが伯父の家にやってきた。手塩にかけた牛を手放す日がやってきたのだった。そのために飼っていたのだが、いつしか家族にとっては牛も大切な家族になっていた。事情を察してか、牛はなかなかトラックに乗ろうとはしなかった。業者らしい男が荷台で牛の手綱を無理に引き、伯父と義理の伯母が牛の尻を押してどうにか乗せた。義理の伯母は押しながら、手ぬぐいで顔を押さえていた。慈しんだ命でさえ、家族が生きるためには犠牲にするしかなかった。

多佳は牛肉と聞くと、あのときの光景が蘇ってきて長年口にすることができなかった。特に牛の悲しそうな目が脳裏に焼きついている。が、もし、飢餓状態に置かれたら、そこまで酷くなくても、明日の食事に事欠くような境遇に置かれたら、悲しそうな牛の目より、自分の空腹を満たすことしか考えなくなるのだろう。醜さをさらけだしてもなお生きなければならない境遇に置かれなかったのは、ただの幸運と呼ぶだけではすまない、特別な取り計らいがあることを多佳は認めないわけにはいかなかった。

一日の緊張と疲労で、食事のあいだも頬杖をつきそうになりながらも、苦手な牛肉入りの雑炊のような夕食を終え、表に出ると外はすでに薄暗くなっていた。日本にいれば武次と静かに夕食を囲み、一日の終わりを迎えるのだが、これからが本番のような予定が待っている。極めつけは教会員が七十万人の汝矣島《ヨイド》教会での徹夜祈祷会だが、それまでにはまだ時間がありそうだ。繋ぎの時間はまたどこかに連れて行かれそうだ。多佳の予感は当たった。ワゴン車に詰め込まれてソウル市内を走って、ほぼソウルの中心部にある小高い丘のようにかんじる山に到着した。南山《ナムサン》だった。仁川に到着した翌日の早朝、まだ門が開いていなくて登れなかった南山公園を、イ牧師は一時間足らずで観て回らせるつもりなのだ。観光はおまけのようなこの旅にも多佳はずいぶん慣れた。

山の頂上までは車は入れず、途中の駐車場にワゴン車を止めて、あとは徒歩で登らなければならなかった。多佳には息切れしそうなくらい急な坂道を、もと子やさき子と他愛もない話をしながら歩いた。多佳自身もとりとめのない話に加わることにもずいぶん慣れた。

南山には高さ二百四十メートルのソウルタワーが聳えていたが、登る時間はない、とイ牧師に釘を刺された。がっかりするかわりに兄弟で参加している神学生の、兄のまことが白眼を剥いて舌を出し両手をあざらしのように開き、おどけた仕草をした。弟のみのると大学生のよしやが体を折り曲げて笑いこけた。

「なにやってるんだおまえら」

と言いながらつよしも笑っている。

その様子を見て女性たちも笑った。

南山を囲むように金網のフェンスが張り巡らしてある。その内側には土産物屋が並んでいる。比較的小物が多く並んでいる一軒の店で、多佳は記念に武次の箸を買い求めた。金属製の箸を武次は嫌がるかもしれないが、そのときはそのとき、と割り切ることにした。

「大原さん何をお買いになったの？」

店内を一巡してさき子がレジに並んでいた多佳の側に寄って来た。

「父に韓国のお箸を買ったの」

「あら、そう。ついでにスプーンも買って差し上げれば」

「それもそうね……」

スプーンまでは必要ない、と思っていたが、むしろこれからはスプーンの方が重宝するかもしれない。いったん受け取った箸をバッグに入れてから、同じ模様のスプーンを持って再びレジに並んだ。

「韓国のお箸やスプーン、昔は銀だったのですって。銀は毒に触れると色が変わるんですってよ」

買い物を終えて外に出ると、さき子が教えてくれた。

「物騒なお話ね」

多佳も、韓国の李王朝の男性に嫁いだ日本の皇族の女性が、日本に里帰りをしているあいだに、生まれてまもない皇太子が墨のような血を吐いて亡くなった、と新聞で読んだことがある。新聞には毒殺とは書いてなかったが、さき子の話と結びついた。

「昔は日本もお毒味役がいたのだから、韓国と同じようなことがあったのね。でも、貧しい庶民は銀のお箸など使えなかったでしょうから、効き目の強い毒で味もなかったら、命を落としてしまうわね」

もと子も会話に加わってきた。みな子は無言で聞いている。

「庶民はいいのよ。毒殺されるのは身分の高い人たちなんだから」

もと子の言葉を受けてさき子が言った。人間は権力の座に着くと、失うまいとして不都合な人間を退けようとするのは、未来永劫変わることはないのだろう。多佳の周囲には誰も抹殺されなければならないほど、地位や名誉を手にした人物はいない。銀の箸ではない、安物の金属の箸を父のために買い求める庶民であることを、喜ぶべきなのだ。これは負け惜しみか、と思っていると、

「フェンスの外に出て見ましょうよ」

もと子の声がかかり、四人の女性たちは一緒にフェンスの外の、夜景を見下ろせる場所に

移動した。

高いところから見下ろす下界には、町の明かりが星空のようにきらめいていた。下で繰り広げられている様々な人間のドラマも、交通渋滞の道路も、乱立するビル群も、高度と夜がすべてを美しいとかんじさせてくれる。無数の十字架が闇の中に浮かび上がっている。韓国の十字架は示し合わせたように赤色だ。多佳は子供のころ秋の夕暮れに見た赤とんぼの群れを思い出していた。

畑仕事を終えた多喜枝と、夕映えの空に群れて舞う赤とんぼを、言葉もなくいつまでも見ていた。子供心にもあまりの美しさに、捕まえて、と多喜枝にねだることはためらわれた。あのときと同じく、黙って十字架を見つめる多佳に、もと子もさき子もみな子も話しかけてはこなかった。彼女たちが無言で見つめていた先が何か、多佳も聞くのがためらわれた。

女性たちの少しのあいだの沈黙は、イ牧師の下山を促す声に破られた。疲れた表情のイ牧師から笑顔が消えていた。

ヨイド教会の広大な駐車場には、一台の車も停める隙がなかった。教会の青年たちなのだろう、要所要所に立って交通整理をしている。敏速に行動しているところを見ると、ありふれた日常なのだろう。ドライバーのソン・スンが苦労しながら停める場所を探している。

「空いてないね」

神学生たちの中から溜息とも諦めともとれる声が漏れ聞こえた。誰も反応しなかった。一日の行動が終わり、汗を洗い流して体を休めたい時刻なのだが、極めつけはこれからだ。教会員七十万名と聞かされているヨイド教会の徹夜祈祷会に参加するのだ。

車を停める場所がなければ、徹夜祈祷会は中止だ、と多佳が期待をもったとき、徐行運転をしていたワゴン車の先に、若い女性が立っているのが見えた。ソンイとソンギ姉妹のうち、姉のソンイだと見極められるところでワゴン車が止まった。ソンイは交通整理をしている青年と何かやりとりしている。彼女の表情には力がこもっている。根負けしたのか、青年が折れてワゴン車の誘導を始めた。ソンイが、

「日本からのお客様をお連れしたのだから、なんとか車を停める場所を空けてほしい」

と交渉したらしかった。

ワゴン車が少し動き出し、建物の近くで止まった。

「車を駐車場に停めてくるから」

とイ牧師に促され、イ牧師以外全員が下ろされた。多佳には蟻の這い出る隙もない、と見えた駐車場だったが、こういうときに融通の利く場所がどこかにあるらしかった。

キリスト教の教会に来たはずだが、どこかのビル街に迷い込んだ気分だ。日本にいては韓

国の教会の規模の大きさを、最初に訪れたオンヌリ教会でさえ想像することは難しかった。今目の前に見ている一番大きな建物は、日本の首都圏の本社ビルのようなたたずまいだ。広大な敷地に何棟もの建物が建っている。イ牧師の説明によると、建物の一つのメディア館からは世界中に向けてキリスト教放送が流されているということだった。

礼拝堂のある建物に向かって立つと、形容しきれない不思議な力が建物からも、地の底からも響いてくるのが多佳にはかんじられた。ゆっくりと地を揺るがしているかのようだった。誰かに話しても、気のせいだと、一笑に付されてしまうような気がして、黙っていたが、多佳は見えない力に圧倒されて目眩を覚えた。

交渉が成立して、ソンイが戻って来た。時間が迫っているらしく、すぐに一つの建物の中に案内された。中はコンサートホールのようになっていて、目的の場所に到達するまでにはまだいくつかの過程を経なければならなかった。

落ち着く前に、トイレの希望者たちが男女に分かれて、イ牧師とソンイの後に続いた。ソンイに連れて行かれた女性用のトイレは、建物の規模に比例していて、広さ、個室の多さは、多佳がこれまでに見たこともないほどのものだった。多佳の通う教会の全部合わせて三つの個室とは比較のしようもなかった。あまり混んではいないところをみると、まだ何か所かにトイレがあるのだろう。ソンイは目的の場所に一番近いところを選んだらしかった。旅先でのトイレは勝手がわからないだけに、女性たちにとっては深刻な問題だが、ソンイに誘導されて安心して用を足すことができた。

身軽になって洗面所に行くと、ソンイが鏡に向かって口紅を塗っていた。鏡の中で目が合った。お互いに微笑み合った。

「私、とっても疲れてるの」

蓋をしない口紅を手に持ったまま、片手で自分の唇を指さした。ソンイの下唇に潰瘍ができて崩れかかっていた。傷の周りに口紅を塗ってカバーしようとしたらしいが、隠しきれるものではなかった。

「私たちが仁川に到着したときから、お仕事をしながら私たちのためにお世話くださっているのですもの、とても疲れていらっしゃると思うわ。心から感謝しているけれど、申しわけないとも思っているの」

もっとましなことを言いたかったが、多佳にとって片言の言葉だけで意思を伝えるのには限界があった。お互い母国語ではない言葉で会話をし合ってどれだけ心が通じるのか、とも思うが不自由な言葉でもなんとか自分の気持ちを伝えたかった。

ソンイは、勇との結婚生活に破れ、実家に帰ったときの年齢に近いか同じくらいに多佳はかんじている。ソンイは結婚もしないで、あの頃の自分より何倍も働いている。人のために、疲れて唇が崩れるまで……。いったい自分は何をしてきたのか、多佳は自己嫌悪に陥っていた。

自分を責めてずるずると深い穴に落ち込む気分になる前に、ソンイが口紅をしまって入り口に向かって歩き始めた。多佳が自分を責める気持ちは次の行動に遮られた。ソンイが急ぎ足でエレベーターの方に進んで行く。四人の女性たちも遅れないようにソンイに続いた。目的の場所は四階だった。ソンイに誘導され、エレベーターで四階まで上った。

エレベーターを下りると、イ牧師に引率された男性たちが待っていた。広いホールを囲むようにいくつものドアがあった。ソンイは慣れたふうで一つのドアを開けた。礼拝堂だった。四階まで吹き抜けになっている礼拝堂は何千人も収容できるコンサートホールさながらだった。七〇万人規模の教会の一つの礼拝堂に過ぎないのだろうが、その広さに圧倒されて、今井先生はじめ日本人グループは立ち尽くしていた。

祈祷会というからには、祈りを中心に人々が集うのかと思っていたが、ステージの司会者はエネルギッシュに語り、合間に賛美歌を歌い、集っている人々にもリードして歌わせる。ゴスペルソングかワーシップソングのような曲調だった。歌い終わると銘々で祈り、また歌い、司会者が話す。

立ったままの日本人グループに、ソンイがすぐ側の空いている席に掛けるよう勧めてくれた。最上階の四階は比較的空いていて前後に分かれてではあったが、全員並んで掛けることができた。ブロックごとにカーテンも垂れている。このまま横になって眠りたいほど多佳は疲れていた。徹夜祈祷会だから一晩中メッセージ、賛美歌、祈りの繰り返しなのだ、と多佳が観念したとき、ステージに、揃いの民族衣装をまとい、開いた扇子を持ち、様々な年齢に見える女性たちが一列に立った。会衆から拍手が起こった。曲が流れ、女性たちが踊る。白い扇子が揃って揺れ、穏やかな波のように見えた。言葉はわからないが曲のかんじから賛美歌の類いだ。振りの一つ一つに感情を込める女性たちの表情は柔和で、輝いているように見えた。真から曲を味わって表現しているのだろう。彼女たちも嬉しくてたまらないかのように見える表情をしている。一晩中踊っても疲れることはないのだろう。疲れた表情を隠せないのは九名の日本人グループだけだ。今井先生だけはいつも変わらないように見えるけれども、多佳は、ほんとうに疲れた、とかんじていた。

舞踊が終わってまた祈りへと導かれた。夜を徹してまで祈らなければならないことなど多佳にはなかった。というより疲れた頭では考えられなかった。それよりも、眠りたい、という欲求しかなかった。頭を垂れて祈ったりしたら、忽ちのうちに眠りに落ちてしまいそうだ。塞がってしまいそうな目を無理に開けて、頭を起して前の方の席を見た。ソンイが体を前後に揺らせながら熱心に祈っている。彼女の祈る姿が視界に入ったとたん、多佳の眠気は吹き飛んだ。

「神様、日本人を心から許して愛せるように助けてください」

と、ソンイが繰り返し祈っている声が聞こえるような気がした。

豊かに水を湛えて夜の川が静かに流れている。イ牧師とソンイの計らいで、ヨイド教会を抜けだし、日本人たちは河原にやって来た。

「ハン・リヴァーです。韓国ではとても重要な川です」

ソンイが暗がりで多佳の方に顔を向けて話す。

「どんなふうに重要なのですか」

「第二次世界大戦の後、朝鮮戦争が起きました」

「それは私も知っています」

「一九五〇年六月二十八日、朝鮮戦争の最中にこの川に架かる漢江大橋が韓国軍によって爆破されました」

「なぜ？」

「北朝鮮の攻撃を受けて、韓国は後退を続けていたのです。多くの避難民も橋を渡っていました」

「橋を爆破すれば、北朝鮮の侵攻を食い止められると思ったのですね？　多くを助けるには少数の犠牲はやむを得ないと……」

「そうです。悲しいことです。それから十年経って、韓国は急速に復興し、経済成長もし、民主化しました。だからこのことを〝漢江の奇跡〟とも呼んでいます」

ソンイとの片言の英語の会話でもお互いなんとか伝わった。彼女がどうしても伝えたかったことはほかにあるのかもしれない。真剣なソンイの表情が多佳にもっと深い事実を汲み取ってほしいと訴えていた。

「用意ができましたよ」

多佳がソンイの思いを受け止めようとしたとき、ソンギの呼ぶ声がした。いつの間にかソンギが河原にビニールシートを敷いて、食べ物を並べている。側には屋台も出ていた。ソンイが屋台に行って何かを注文している。まもなく彼女はお盆にいくつかのカップラーメンを載せて運んできた。何人かに配ると足りない分を屋台に取りに行った。南大門で夕食を食べてからずいぶん時間が経っている。若者たちにはちょうどいい夜食のようだった。

「辛ラーメンだ！」

神学生たちの間から声があがった。

「辛ラーメン食べられない人いますか」

ソンイが聞く。誰も答えなかった。多佳も辛いものには自信があった。深夜のひととき、ビニールシートに身を寄せ合うようにして、日韓合同の夜食会が始まった。

多佳も人々に倣ってラーメンのカップに口をつけた。汁を少し口にしたとたん、激しく咳き込んだ。こらえようとすればするほど止まらなくなった。

「これを食べて」

心配したソンイが大根の甘酢漬けを勧めてきた。咳き込みながら一切れ口にすると、不思議に咳が止まった。冷たくて、酸味より甘味が強くて、柚子の香りがして口当たりのいい総菜だった。総菜というよりデザートに近かった。ほかにも白菜のキムチや本物のデザートもあったが、全部を一人で食べきらない程度に、多佳は大根の甘酢漬けを好んで食べた。咳止めの妙薬、と自己暗示にかかったのかもしれなかった。

唇に潰瘍をつくってまでもてなしてくれるソンイの好意のラーメンだったが、多佳には辛すぎた。喉の入り口のところで、気管のほうが刺激に反応してしまうのだった。これほど辛いものを食べる理由は何なのか、と思いつつ、多佳は人々が何事もないようにラーメンを啜る様子を見ていた。

夜の漢江のほとりは静かだった。さっきソンイが話していたことが思い出された。多くの犠牲があって、今の静けさが戻ったのだ。少しずつ親しくなっている人々と一緒にいる安心感が、ひととき平和にさえかんじさせてくれる。気がつくと真夜中になっていた。自分たちのほかに人影はなかった。多佳は川に沿った遊歩道を少し歩いてみたくなった。先にみな子の姿があった。距離を置いて後を追った。

静寂の中で川の音だけが聞こえる。立ち止まって耳を傾けた。途切れることなく夜の川は流れる。

# 村の教会

東の空が明るんできた。払暁の清涼な空気が肌に冷たい。体温まで奪われそうだ。コンクリートの階段に腰を下ろして、多佳は身を縮めた。

日本はまだ残暑の中なのに、ソウルは日本よりも早く秋を迎えている。寒いと心細さが増す。父の武次はもう起きているだろうか。毎朝五時には起きて近所を散歩する。その後近くの公園で軍隊の時にしていたという体操をするのが習慣になっている。今朝も出かけただろうか。帰ったらちゃんと食事を作って食べるだろうか。一緒に暮らしていると、武次に対して不満が湧くが、離れてみると気がかりだ。早く帰ってやりたいとさえ思う。もし何かの事情でこのまま日本に帰れなくなったら、武次はどうなってしまうのだろうか。娘の行方がわからなくなった武次は、失意のうちに不幸な生涯を終えることになる。妻に先立たれ、娘まで……、そんな境遇に武次を追いやってはならない。多佳は慌てて打ち消した。

先ほどから住処を追われて行き場までも失い、難民になった気分にもなっている。住処を追われたのは確かだ。昨夜、ヨイド教会の徹夜祈祷会を抜け出して、漢江の河川敷で、ソンイとソンギ姉妹が差し入れてくれた辛ラーメンやチキンの唐揚げ、大根の甘酢漬けの夜食を食べて、しばらく川べりを散策して、再びヨイド教会に戻った。そのときは誰もが徹夜祈祷会で朝まで祈る覚悟をしたはずだった。多佳も渋々だったが覚悟を決めて、先頭に立つ今井先生の後に神学生たちと続いた。

礼拝堂の最上階に上って行くと、カーテンが引いてあった。ソンイがカーテンをめくって、この後ろで休むようにと促す。カーテンを閉めると礼拝堂の照明が遮られて格好の寝室になった。今井先生も神学生も素直に従った。礼拝堂で寝ることに多少のためらいはあったが、連日の強行スケジュールで疲労は極限に達していた。一人で四つの椅子を占領して、多佳は倒れるように身を横たえた。カーテンの奥には日本人のグループしかいなかった。寝心地の悪いベッドだったが、正体もなく眠りに落ちた、と思ったのは一時間足らずのようだった。

突然若い男の声でたたき起こされた。韓国語は理解できなかったが、寝ていたのを咎められた、と思って多佳は飛び起きた。下のほうの椅子で今井先生がゆっくり体を起している。

「夜の祈祷会が終わったから起きなさい、と言われたようですね」

今井先生が鷹揚に言った。

後味の悪さが残った。これまで多佳は徹夜祈祷会、と言葉だけは聞いて理解したつもりでいたが、実際に参加したことはない。徹夜してまで祈り合う教会が日本では少ないからかもしれないが、祈ることについては真摯に受け止めてはいた。想像に反して、途中で抜け出したり、眠ってしまったり、挙げ句の果てに追い立てられるように外に出て、これでも一応徹夜祈祷会に参加したことになるのか、釈然としないまま、多佳はヨイド教会の広大な敷地の一角にある石段に腰掛けて膝を抱えていた。一行九人もつかず離れずしてめいめいの場所で日が昇るのを待っていた。

多佳の視界にヨイド教会のいくつもの建物が映った。どこかの都市のビル群の中にいる気分だ。建物のあいだにショベルドーザーが現れた。工事でも始めるのかと思って見ていると、ごみの処理が始まった。ショベルドーザーを用いるほどのごみの量なのだ。ヨイド教会の規模の大きさに多佳は目を見張っていた。会員数七十万人とイ牧師から聞いていた。人口一万人の田舎の町が七つ集まった計算になる。しかも全人口だ。一つの教会に七つの町の人々が全部集まるなどあり得ないことだし、想像もできない。が、現実に今そのあり得ないはずの教会の敷地にいる。非常に不安な状態で。

少し離れたところで、神学生たちとソンイとソンギが楽しそうに話している。神学生たちも少しは韓国語を覚えたようだ。昨夜ソンイの唇には潰瘍ができていた。自分の仕事をこなし、心をこめて日本人たちをもてなすソンイの負担はどれほどのものか、と多佳は心を痛めていた。今朝のソンイは多佳の心配をよそに明るい表情をしている。ソンイが神学生たちにメモを配っている。配り終えると多佳たち若くない女性たちのところに駆け寄ってきて、多佳にも一枚のメモ用紙が手渡された。笑顔のソンイの目の下に隈ができている。昨夜あの漢江の河川敷での夜食の後、ソンイは一睡もしないで祈っていたのだ。ソンイは何を祈っていたのか、多佳には知るよしもなかった。

メモには、ソンイとソンギのソウルの住所と電話番号、電子メールのアドレスが記され、下に小さく、必ずれんらくしてください、と日本語で書かれてあった。神学生の誰かに日本語を教えてもらったのだろう。どれほど献身的にもてなされたとしても、若いソンイやソンギと連絡を取り合ったりはしないだろうし、再び会うこともないだろう、と淋しくメモを眺めていると、

「いくつですか」

とソンイが聞いてきた。自分の年を聞かれたのかと思って、五十八、と答えると、ソンイが怪訝な顔をした。今井先生の方を向いている。

「今井先生のこと？」

と聞き返すと、ソンイが頷いた。今井先生の年齢を知らなかったので側にいたさき子に聞くと、六十三歳だと教えてくれた。リーダーとしての責任もあるし、不平不満を漏らすわけ

にもいかないし、六十歳を過ぎてこの修行の旅は過酷ではないかと、多佳は今井先生に同情した。あと二日残っている修行の旅も、今井先生の年齢を思ったら耐えられる、と多佳は自信をもった。

多佳の腕時計が午前六時を回った。見慣れない若い男性が親しげに一行に近づいてきた。イ牧師に紹介されて、今日から交代になるドライバーの青年だと知った。ソンイとソンギの姉妹と、新しいドライバーが加わり、ワゴン車はまたも定員オーバーして出発した。

ワゴン車は朝靄の中をひたすら走り、仁川空港に近い主イエスサラン教会の駐車場に到着した。出発前までは若い神学生たちと、ソンイとソンギ姉妹たちは楽しそうに会話していたのだが、車の中では誰もが無言だった。

駐車場から、イ牧師が先頭に立って歩き始めて、見覚えのあるレストランに着くまで言葉を発する者はいなかった。今井先生だけはリーダーらしく、落ち着いて柔和な表情をして背筋を伸ばして歩いていたが、疲労の色は隠せなかった。

見覚えのあるレストランは、日本から仁川に到着して真っ先に連れて行かれたところだった。朝の食事と夜食は、いつもイ牧師が神学生の誰かを伴って買い出しに行っていたのだが、今朝は食事をする場所がなかったのでレストランにしたのかもしれなかった。メニューは到着した日の夕食と同じピョタギタンという、肉や野菜や茸類が山ほど入った鍋料理だった。材料を山盛りにした鍋が運ばれ、店員がコンロに火をつけ、鍋の中でご馳走が音をたてて煮え始め、空腹ならば飛びつきそうな匂いがしてきても、どの顔も無表情だった。無言で鍋を突っつき、食べ物を口に運ぶ様は、食べ物を味わっているのではなく、食べるという行為を機械的にこなしているかのようだった。一番若い大学生のよしやのいるグループでさえも、鍋の中身がなかなか減る様子がなかった。ときおりみな子が、食べられない、とか細い声で言うのが隣にいる多佳の耳に届いた。

多佳の前に座ったのは新しいドライバーの男性だった。三十歳くらいだろうか、と多佳は彼の年格好から想像した。彼だけは唯一昨夜徹夜をしていない。その証拠に表情に生気があった。食べっぷりのよい彼につられて多佳も鍋に箸を伸ばした。

「今日からよろしくお願いします」

と、多佳は彼から発散される目に見えないエネルギーに触発されてあいさつした。彼は愛想よく応えて、箸を置くと名刺を取り出して多佳に渡してきた。韓国語の裏に英語で印刷してあって、彼の大体の身分がわかった。彼、キム・ヤンサンは聖職者でゴスペルシンガーズの仁川市のチームリーダーだった。そうすると、と多佳は考えた。昨日までのドライバーの青年も聖職者かもしれなかった。

ソウルに到着した翌日、ろくに睡眠もとらないで、定員オーバーのワゴン車に重なり合うようにして乗り合わせて走っている中で、多佳は酷い乗り物酔いに襲われて、ワゴン車を止めさせてしまったほどだった。乗り物酔いというより、狭いところに押し込められて心身のバランスが著しく崩れてしまったと表現したほうが正しいように思う。昼食もとらずに車内で寝ていると、食事から一人戻って来た彼が、オモニ、と多佳を呼んで掌を自分の親指で強く押してくれたのだった。多佳にとっては彼が聖職者であったとしても、心の優しい一人の青年に変わりはなかった。ゴスペルシンガーズのほかのメンバーたちのように、彼は日本人たちとの会話の中に入ろうとはしなかった。言葉が通じないこともあったが、彼は生来多弁ではないのだ、と多佳は理解していた。イ牧師と相談しながら、彼は誠実に、寡黙にワゴン車を運転して、招待した日本人たちを運んでくれていたのだ。すれ違った程度の関わりしかない青年だが、多佳の心の中に、彼から受けた親切が温められて残っている。

朝食の後、彼との別離があった。お互いに再会を求めなければ永遠の別れとなるだろう。少しだが淋しい気持ちを振り払って、多佳も今井先生や神学生に混じって、心を込めて礼を言った。

「カムサハムニダ」（ありがとうございました）

百円ショップで買い求めた韓国語日常会話の中から覚えた、数少ない韓国語の一つだった。

知覚が戻らないうちに一日が始まり、味覚をかんじる気管がまだ働かないうちに、多すぎるほどの食べ物を口に入れては胃の中に無理に押し込む、作業のような食事の時間も終わりに近づいたが、どのテーブルも、鍋の中にはまだ多くの料理が残っていた。一番若いよしやのグループでさえそうだった。韓国では料理は残すのが常識らしい、と出発前に物知りの知人から聞いてはいたが、食事は必要な量しか作らない多佳には、食事を残すことには抵抗があった。

イ牧師に促されて一行は立ち上がった。イ牧師が会計をしているあいだに全員入り口に異動した。入り口のところに棚があり、お湯とインスタントのステイックコーヒーが置いてあった。誰からともなく、自由に飲んでいいらしい、と声があがった。家ではたまにしか飲まないインスタントコーヒーだったが、今朝は無性に欲しくなった。みな子や神学生たちが一本一本封を切り、紙コップに入れ、お湯を注いで全員に配り終えるまで時間がかかったが、何番目かに多佳も紙コップを手にした。食事は入らなかったが、この場合一番簡単なインスタントコーヒーが今まで味わったこともないほど、おいしい、とかんじた。

女性たちから、おいしい、と声が漏れた。コーヒーに感激しているところに、イ牧師が戻ってきた。手にはたくさんの印刷物があった。みんなにコーヒーを配っていて、一番遅くなったみな子に、

「これを渡してきなさい」

と、レストランの従業員の女性を見てジェスチャーも交えながら言った。飲みかけのコーヒーを棚に置くと、みな子はイ牧師の指示に従った。女性は一瞬、何？　というような表情をしたが、黙って受け取っていた。修行の開始か、と多佳も腹をくくった。今朝に限って最高のご馳走だと味わったコーヒーを飲み干して外に出ると、イ牧師が、

「これから主イエスサランチャーチで休憩します」

と信じられないことを言った。イ牧師も目の下に隈をつくってはいるが、笑顔だった。からかわれているのかと疑ったが、取り消すふうもなかった。旅も後半になって、日本人たちの疲れが極限に近づいているとかんじたのか、これまでのスケジュールにはない休息のときが与えられるのだ。思いつきであっても、予定変更であっても、大いに歓迎すべきこと、と喜んだのは多佳ばかりではなかった。そうと決まると足取りも軽く、イ牧師を追い越しそうな勢いで、若い神学生を筆頭に、すぐ近くにある主イエスサラン教会へと急いだ。

主イエスサラン教会はビルの一角にある教会なのに、何百人も入る礼拝堂のほかに、いくつもの部屋があった。二つの部屋を使って男女に分かれて昼寝が許された。まだ昼寝には早い時間だったが、時間帯など問題ではなかった。女性たちの部屋には固いカーペットにソファーが一つ置いてあった。お互いに譲り合った結果、ソファーは一番年長者のさき子が使うことになった。多佳はショルダーバッグにハンカチをかぶせて枕にし、カーペットに横に

なった。

場所がどこであろうと、疲れたときは寝付きが早い。子供のころ、春や秋の気候のよい季節に、畑仕事をする多喜枝の傍らで遊んでいるうちに、いつしか寝入ってしまった。母に見守られている安心感で一心に眠った。目が覚めるといつも多喜枝の野良着が掛けられてあった。木綿の洗いざらしの絣の野良着が、母の匂いがして心地よかった。どこでも寝られる習慣は幼いころからのものだった。

目が覚めると昼時だった。二時間近く正体もなく眠ったようだ。連鎖反応ででもあるかのように四人の女性たちも起き上がったところに、昼食の準備ができた、と大学生のよしやが呼びに来た。寝室にあてがわれた部屋の隣は調理室になっていた。数人の女性たちが大量の食材を並べて働いている。これから何かのイベントのために料理でもするのだろうか、と思いつつ多佳も炊事場とつながっている部屋に招き入れられて応じた。部屋の前で二人の女性が大量の烏賊を洗濯用の盥ほどもある入れ物に入れて調理していた。「キムチ？」多佳の頭に咄嗟に浮かんだのは烏賊キムチだった。「アニエヨ」（違います）と、一人の女性が笑いながら応えた。多佳も首をすくめて笑顔でその場を離れた。国籍も違い、素性もわからない女性との一言の会話に多佳の心は和んだ。自分が何者か知られていないことに安堵しているのだ、と多佳は自己分析をしていた。普通に生きてきたつもりでも過去には人に知られたくないことだってある。もと子たちだって内心では今の自分を丸ごと受け入れてくれているはずがない。すれ違っただけの関係でしかない人にほほえんだり、優しい言葉をかけるのはたやすいことだと知りつつ、いい気分になっている自分に多佳は苦笑してもいた。

食堂にしては小さな部屋の真ん中に、細長い座卓が置かれてあった。九人が肩を触れ合うようにして囲むと、部屋はいっぱいになった。座卓の上には海苔巻きやカップケーキ、マンゴージュースが用意されてあった。今回の旅のメンバーの定食のようになっている食べ物は、イ牧師が多佳たちが昼寝をしているあいだに、誰か若い神学生を伴って買いに行ってくれたものだった。

イ牧師は今井先生より若く見えるが、もう若いという年齢ではなかった。招かれる側もこのたびは過重労働に近い経験もさせられたが、招く方はその上に精神的な負担が加わり、疲労の度合いは日本人の比ではないはずだ。食事中も寡黙だった。イ牧師がすっかり老け込んでしまったように見えた。

簡単な昼食は短時間で済んだ。昼食の前にたっぷり昼寝をしたので、食休みはカットされて、昼食後は長老派の信徒数五万人の教会に案内された。イ牧師たちは規模の大きい教会ばかりを選んで見学させてくれているようだが、見続けていると最初のような特別な感情は湧いてこない。確かに、建物は都心にある一流企業のビルのようだし、中も一流ホテルのような豪華さや心地よさがあり、設備も教会とは思えないほど整っていて、文句のつけようがない。羨ましいとも思えないのは、自分の通う教会が羨ましがる基準にも達していないからでもあった。

出迎えてくれたのは、二桁以上の数字の人数がいる聖職者の一人だということだが、四十歳くらいの女性だった。薄いグレーのパンツスーツに身を包み、終始笑顔を湛えて会堂内を先頭に立って案内する女性に、多佳は好感をもったが、この類いの人々も見慣れてしまった。日本の、今礼拝に通っている教会に彼女のような女性がいたのなら、ひときわ目立つだろうとも思った。彼女が自分たちの教会の牧師になったら、それでも今のように穏やかに微笑み、柔らかな物腰で終始いられるだろうか、と意地悪く想像してみた。少ない信徒数の中に、問題を抱えた人の割合が多い教会でも、彼女ならうまくやっていけるかもしれない。多くの自己犠牲を厭わなければ。

母の多喜枝も自己犠牲の人だったが、目の前の彼女との違いは、人の先頭に立つことを避け続けていたことだった。それでも多佳は母を誇りに思っている。控えめではあったが、卑屈ではなかった。むしろ自分の生き方に自信をもっていたのかもしれない、と今になって思う。

帰り際、パンツスーツの女性から一人ひとりに一冊の冊子になった教会案内を真新しい封筒に入れて手渡された。韓国語で書かれた書物を読む機会は、求めて努力をしなければ生涯巡ってはこないと思ったが、多佳もみんなに倣って丁寧に礼を言って受け取った。

教会見学の後、あり得ないと思っていたことがまた起きた。イ牧師が仁川の海に案内すると言ったのだ。観光旅行ならあたりまえのことだが、今回の旅は神学生たちの学習と奉仕の旅だ。自分を部外者と思っている多佳でも、少しの覚悟はしていた。それでも予想もしていなかったことばかりだ。昼寝でも、海辺の散策でも、あたりまえ、の経験は自分を肯定するために、多佳には必要だった。

教会から仁川の海は近い距離にあった。いつも定員オーバーのワゴン車から降りて、女性たちは片側に露天の土産物屋が並ぶ海岸通りをまとまって歩いた。正確にはもと子とさき子が先になり、その後ろを多佳はみな子と口数も少なく、遅れ気味に従った。どこに行っても自然にこの形になった。

「オモニ！」

後ろで声がした。振り向くと今通り過ぎた一軒の土産物屋で、一人の青年が売り物の帽子を持ち上げて、買え、という仕草をした。そうか、あのそれほど若くはない青年からはこの女性たちはオモニの年代に見えるのか、みな子がかわいそうだが。青年が持ち上げている布製の灰色がかった色をしたつば広のその帽子は、半額以下に値が下がったとしても、多佳には購買意欲は湧かなかった。

「傘があるからいい」

と、多佳は日本語で言って、さしていた日傘を持ち上げてみせた。もと子たちは先に進んで行く。青年が何か返してきた。

「こんなに安いのに買わないんだから」

とでも言っているようにかんじられたが、多佳は笑顔を返してもと子たちの後を追った。

若い神学生たちと先を歩いていたイ牧師が引き返して来た。海辺を自由に散策した後の集合場所と時間を告げにきたのだった。イ牧師が用件を伝えて引き返す前に、もと子とさき子が交代でイ牧師と写真を撮り合った。多佳とみな子は、自分たちも、とは言い出さなかった。みな子の心は知らないが、多佳にはイ牧師と一緒に写真におさまりたいという強い願望はなかった。

「もっと向こうの方まで行ってみない？」

イ牧師が歩いて行く方を指さしてもと子が言った。

「ここらあたりの景色を見ていたいから、私、ここで待ってる。みなさんどうぞ私のこと気にしないで行ってらして」

多佳の希望は三人にすんなり受け入れられた。散策をしたくないわけでも、一人で別行動をとりたいわけでもなかったが、気がついたら一人になることを選んでいた。もと子とさき子の後ろをみな子が遅れがちに付いていく。みな子は一人で写真を写しながら歩くので、二人からの距離がますます開く。三人を見送りながら、土産物屋が途切れたところまで歩を進めた。道路が左に緩やかにカーブしている。曲がり角に佇むと、海が遠くまで見渡せた。黄海も、多喜枝と過ごした子供時代に見た海も、同じ色をして、同じ広がりを見せている。あの遠い昔に見た海の近くには、多佳が成長して都会に出てからしばらくして原子力発電所が建設されたと聞くが、多佳の記憶にある海は昔のままだ。海面に立つ白い波も土用波が立つまでは静かで、今見ている海と同じだった。大海には境界線などないのに、ここは外国の海なのだ。

夏の一日、土用波が立つ前に、と伯父夫婦に勧められて、多喜枝と従妹の静江と三人で近くの海岸に海水浴に行った日が思い出される。多喜枝が自分の洋服を解いて縫ってくれた、静江と揃いの水着を着て、北国の短い束の間の夏を楽しんだ。白地に小さな花模様のある水着は、色は地味だが、バレーのコスチュームに似ていて、多佳は大いに気に入っていた。一つ年下の静江と同じ水着を着ると、双子のようだ、と見知らぬ人からも言われた。忙しい伯父夫婦は、子供たちを連れて遊びに出かける余裕はなかった。一人だけでも多喜枝に面倒を見てもらえば助かるのだった。

波打ち際で娘が義理の姪と遊ぶ様子を、多喜枝は直ぐ近くに佇んで見守っていた。自分で仕立てた白いワンピースに細い身を包み、娘時代に使っていた白い日傘を傾けて立つ多喜枝が、多佳は誇らしかった。

「見て。私のお母さんよ」

とそこら中にいる人々に自慢したい思いだった。ときおり母を振り返って見ている多佳に、静江が不意打ちをかけてきた。両手で海水を掬っていきなり多佳の顔にかけたのだ。瞬間に目を閉じて、塩水が目に入ることは防げたが、いたずらっぽい笑いを浮かべている静江の顔を見たら、急に腹立たしくなった。

「いやだあ、しーちゃんの馬鹿！」

本気でやり返した。仕返しは倍かそれ以上になった。静江は多佳の剣幕に怯えて泣き出した。

「しーちゃんが先にやったんじゃない……」

静江が泣くのは多佳にとって予想外だった。困って立ち尽くしていると、足の裏で砂が沖へ引く波に削られ、足下が不安定になった。静江と二人体が傾いて倒れそうになったとき、多喜枝の手で二人とも支えられた。

「しーちゃん、ごめんなさいね」

多喜枝はまず静江の体を抱きかかえるようにして優しく詫びた。それから多佳に向き直って言った。

「あなたのほうがお姉さんでしょ。年下の子に本気になってやり返したりして、いけないと思わない？」

感情的になってはいなかったが、多喜枝の表情は明らかに困惑していた。夫の実家に世話になって、ただでさえ肩身の狭い思いをしているのに、自分の娘が義理の兄夫婦の娘を苛めたりしたのでは、多喜枝としては立つ瀬がなかったのだろう。その後で付け加えた。

「あなたはお母さんと一緒でしょ。しーちゃんのお母さんは忙しくて来られないのよ。かわいそうでしょ」

多佳の耳元で言ったから、静江には聞こえなかったが、母の一言で多佳は深く反省した。だって、と言いかけた言葉を飲み込んで静江に詫びた。詫びることは勇気のいることだった。

二人のやりとりを見て安心したのか、多喜枝は後ろの砂浜を振り返った。多喜枝の白いパラソルが砂浜を転がって行く。子供たちの様子がおかしくなり、二人が波に足を掬われているのを見て、多喜枝は傘を投げ捨てて助けに来たのだった。

多喜枝が傘を追いかける。多佳と静江も傘をめがけて走った。働き者で、体をいつも動かしている多喜枝だったが、足の速さは子供たちには叶わなかった。ほどなく多佳は傘に追いついた。多喜枝のたった一つの貴重な傘だった。息を切らせて追いついてきた多喜枝は傘を

手にして嬉しそうな表情を見せた。傘が手に戻ったからだけではなかった。多喜枝は、

「二人とも、ほんとうにいい子ね」

と濡れた体の多佳と静江を囲うように両手で抱いた。あの日以来、静江は前にも増して多喜枝に懐くようになった。ときには多佳が嫉妬するほどだった。あの日、あのまま気まずい思いで帰ったのなら、多喜枝の夫の実家での立場は苦しくなっていたかもしれない。多喜枝の微妙な立場を多佳も幼い心にかんじていた。

仲直りした子供たちの遊ぶ様子を見守りながら、多喜枝はときおり遠くを見つめていた。海原の遠くを見やって、多喜枝は何を思っていたのだろうか。多佳は考える多喜枝が好きではなかった。多喜枝一人の世界に没頭していて、多佳の入り込む余地はなかった。中学になってから、多喜枝に幸せかと聞いたことがある。多喜枝は少し考えて、あなたが生まれてきてくれたから幸せだ、と答えた。子供がいなかったら幸せではなかったのだろうか。ずいぶん経ってから何度も考えた。

おまえは今幸せかと誰かに問われたら、なんと答えればいいのだろう。現代に生きて、餓えや寒さに苦しむこともなく、近くではあるがこうして海外旅行もできる。このことだけをもって幸せと定義つけるなら幸せと言える。離婚をして、一番生きていてほしい母親に死なれて、年老いた父親と二人だけの生活は不幸せなのだと、不幸の基準が決まっているのなら、

不幸なのだろう。幸せと不幸せを渡り歩いているのが今の私なのだと、多佳はいくぶん自嘲気味に思ったとき、金属がコンクリートに触れる音がかすかに聞こえた。振り向くと、近くに白と茶色の二匹の中型犬が一緒に鎖に繋がれていた。飼い主は犬を繋いで買い物か散策に出かけたのだろうか。しゃがんで二匹の頭を交互に撫でてやると、二匹とも嬉しそうに尾を振る。茶色い方がコンクリートに寝そべって腹を上に向けた。撫でて欲しいと言っているかのようだった。(見ず知らずの人間に気を許したらいけないのよ) と心で呟きながら撫でてやると、嬉しそうな表情をした。茶色いほうが人懐っこいようだ。この犬たちは鎖が伸びる範囲までは自由が保障されている。その自由も人間に不快感を与えるような行為をすれば制裁を受けなければならないだろう。犬に非があるなら仕方がないとも言えるが、人間が一方的に犬の存在を肯定できなくなって、虐待、という行為に及んだとしても、鎖に繋がれていては逃げることもできないのだ。そう思ったとき、多佳の胸に突き刺さる思いが湧いた。つい六十年前まで、この国は日本の支配下にあって、人々は鎖に繋がれたような人生を送っていたのだ。鎖から解き放たれるためにどれほどの血が流されたか、ここ数日、いたるところで確認してきたはずだった。多佳は少しでも自分を不幸だと思ったことを恥じた。

雲がかかって海の色が濁って見えてきた。もう夕方に近い時間だ。子供のころ、多喜枝に連れられて行った海は、午後になると塩が満ちて広い砂浜は波に覆われてしまう。昼前には水遊びを切り上げて、多喜枝の手作りの昼食をとって、午後は早めに帰るのが常だった。伯父の家に帰り着くと、多佳も静江も遊び疲れて正体もなく眠った。夕方目が覚めると、畑から帰って夕餉の支度をする多喜枝の姿があった。子供たちの遊ぶ姿を見守っているあいだを除いては、多喜枝は働きずくめに働いた。

「どうしてお父さんは東京から私たちを迎えに来ないの」

子供のころ、多喜枝を困らせることを聞いた。多喜枝は困惑した表情で、

「早く三人で暮らせるように、お父さんは今一生懸命働いてくださっているの」

と、言った。あのときは多喜枝自身をも納得させていたのかもしれない。職業軍人だった父は、戦後はGHQの追求が厳しくて、なかなか決まった職業につけなかった。沖仲仕をしたり、工事現場を転々としていたこともあったと、後年本人の口から聞いた。一度、腕を三角巾で吊って帰って来たこともある。仕事中に怪我をしたと言っていた。子供心にも多佳は父を、かわいそう、と思った。父の痛々しい姿は今でもときおり思い出される。辛うじて父にきつい言葉を吐かないですんでいるのは、あのときの父を思い出すからかもしれない。

戦争がなければ、と多佳は思うことがある。父も戦争に行くことはなく、多喜枝と三人で平凡に暮らせたはずだ。もしかしたら弟か妹も生まれていたかもしれない。祖父母も健在で、母の兄もいて、親戚付き合いもあって、どこにでもある穏やかな暮らしがあったはずだ。

韓国にきてから、ここ数日、別のことも思う。戦争がなかったら、日本はいつまでもこの国を支配続けていたのだろうか。韓国に行く、と父に言ったとき、父は喜んで送り出すふうではなかった。あのときの父の表情、態度がいつまでも多佳の心にかかっている。

多佳が物思いに耽っていると、穏やかだった黄海が、日が翳って黒ずんできた。波は一晩中騒ぐのだろう。夕方の海は波が荒々しくて多佳は嫌いだ。そろそろもと子たちと合流した方がよさそうだ。少し孤独をかんじて、多佳はもと子たちが歩いて行った方向を目指して海岸沿いに歩を進めた。

五時を過ぎたばかりで、表はまだ明るかったが、イ牧師にレストランへと案内された。仁川の海にも空港にも近い場所であることに間違いはないのだが、どのあたりになるのか、多佳にも、ほかのメンバーたちにも見当もつかなかった。レストランに入ってから、

「今日の夕食は、主イエス・サラン教会の牧師ご夫妻がご馳走してくださいます」と、イ牧師から報告があった。レストランは建てられてからまだ年数が経っていないらしく、建物も店の内部も真新しく、新しい木の香がしていた。

イ牧師と日本人グループが座卓を囲んで料理が運ばれてくるのを待っていると、主イエスサラン教会の牧師夫妻が車を停めに行って遅れたキム・ヤンサンと一緒に入って来た。イ牧

師から改めて主イエスサラン教会の牧師夫妻が紹介された。牧師夫妻には前にも紹介されているが、夕食を振る舞ってくれることを強調したかったらしい。

「ここのレストランは、主イエスサラン教会の信徒の方が経営していて、毎月最初の月曜日に、その日の売上を全部献金しています」

深く頷くだけで誰も言葉を挟む者はいなかったが、

「ずいぶん利益があるのかな」

多佳の近くに座っていたよしやが呟いた。日本語だから韓国側の人々には通じなかった。よしやの両親も関西で食べ物の仕事をしているので、関心をもったふうだった。

「一か月を通してどのくらい利益があるかわからないけれど、その日の利益はゼロでしょう。有り余るほどの利益がなくても、みんなが喜んで働けて、飢えることも、寒さに震えることもなく、健康で暮らせればそれだけで感謝なのよね。私にはできないことだけれど」

多佳の実感だった。

少し離れたところに座っていた牧師夫人と目が合った。よしやとの会話が聞こえたのではないかと、多佳は一瞬身を堅くした。

「クリスチャンホームですか」

牧師夫人の韓国語をイ牧師が通訳した。さりげない、韓国人にとっては答えやすい質問なのだろうが、多佳にしたらいくらか後ろめたさをかんじる質問だった。

「召された母が熱心なクリスチャンでした。私は母が召されてから教会に行くようになって洗礼を受けました」

牧師夫人は、多佳が神学校とは関係がないことを知らないし、お互い顔が見えやすいところに座っていたから質問してきたのだ、と気を取り直して答えた。

多喜枝は熱心な信仰者だった。そうでなければ夫と離れて夫の実家に世話になりながら、過酷な労働に耐え、辛そうな顔もしないで子供を育てていくことなんかできなかった、多佳は常々思っている。多喜枝が使っていた聖書にはところどころ印がついている。開くたびに多喜枝の、口には出せなかった思いが染みこんでいるようで辛くなる。多喜枝の形見の聖書を多佳は今も大事に使っている。改訂版が出ても多喜枝の聖書を使い続けている。

「韓国は初めてですか」

牧師夫人がまた尋ねる。

「二度目です。最初は釜山に行きました。二、三日リゾート地に滞在してのんびり過ごしました。今度のような旅は初めてです」

ほかの人にも聞いてほしい、と思いながら答えた。今度のような、には多くの意味が込められている。何も知らずに釜山で友人たちと過ごしていたことに、二、三日とは言っても罪悪感を覚える。

「韓国はどうですか」

一番して欲しくない質問を牧師夫人はしてきた。おおざっぱな感想を聞いてきたのだろうが、多佳には胸に刺さる質問だった。言葉を探しながら、少し時間をおいて答えた。

「韓国のみなさまに多くの犠牲をはらっておもてなしいただいて、とても感謝しています。これほど歓迎されていいのかと、戸惑ってもいます」

次の言葉を続けるには少しためらいがあった。

「先日、歴史記念館で韓国と日本の過去の関係を知りました。私たちの年代は日本が過去にアジアで何をしたのか、韓国をどうしていたのか、学校では教えられないまま今日まできてしまいました。学校だけの責任ではなく、私自身、自分のことだけ考えて今日まで生きてきました。今私は韓国のみなさまにどのような言葉をもってお詫びすればいいのかわかりません。あえてただ一つの言葉をつかうことをお許しいただくならば、申しわけございません、としか申し上げられません」

こう言いながら、もし自分が直接韓国を支配した立場であったなら、謝罪の言葉を口にできだろうか、次の選挙で落選することを恐れてそのような事実はない、ととぼけただろうか、と思い巡らせた。

「これから、もっと深く過去の歴史を学んでいくつもりです。私のような普通の名もない市民が声を上げても、ちまたの人々は誰も耳を傾けないと思いますが、それでもいいのです。これからは自分が納得のいく生き方をしていきます」

人前で断言することなどなかった多佳は自分の言葉に身がすくむ思いだった。今井先生が英語で通訳して、イ牧師が韓国語で通訳するので伝わるまで時間はかかったが、牧師夫人が困ったような顔をした。言葉に窮しているふうだった。

「確かに、過去において、日本と韓国は不幸な関係にありました」

隣に座っていた牧師が、夫人に代わって口を開いた。

「でも、私たちは過去のことは許し合わなければなりません。私たちにとってみなさんは大切な友人です」

支配された側の牧師の言葉に、さらに多佳は身が縮んだ。

「韓国滞在もあと少しになりましたね。残り少ない貴重な時間ですが、今日はたくさん食べて、夜は温泉に入ってゆっくり休んでください。明日の日曜日は礼拝の後、教会で収穫祭をしますから、みなさまもぜひご一緒にご参加ください」

少し重くなった雰囲気を変えようとしてか、牧師が話題を変えた。

今夜の食事を、韓国風寄せ鍋、と多佳は呼ぶことにした。にんにくは効いているが、あっさりした漬け汁に鍋のものを浸して食べるのだと、ドライバーのキム・ヤンサンが底の方で煮えていた野菜か茸類を箸でつまんで、手本を示してくれた。鍋の中には、茸類、野菜類、魚介類、肉類が大盛りになっていたが、火が点けられ、だんだん煮えてきて、食材の山も鍋に沈み、食欲をそそる香りと湯気が立ち始めた。

朝の食事は、体がまだ眠った状態で、たくさんのご馳走を胃の中に無理に押し込むようにして食べた。が、その後の昼寝、海岸の散策で、気分転換も体力の回復もできた。若い神学生たちだけではなく、今井先生を筆頭に年配の女性たちも、ご馳走を堪能した。伝道師のみな子だけは少しの量を器にとり、静かに箸を動かしていた。

誰もが食事に満足して、主イエス・サラン教会のあるビルに戻り、公衆浴場で汗を流し、女性たちは"women"と表示された部屋で体を横たえた。男性たちが休む部屋はどこだったのか、気にする女性は誰もいなかった。

時計は真夜中の十二時を回った。板敷きの部屋は相変わらず満員で、寝返りを打つと隣に寝ている人とぶつかり合うほどだった。

「どうしてみんな家で寝ないのかしらね」

目をつむりながら多佳はさき子が何日か前に言った言葉を思い出していた。

体が床に触れて痛くて、夜中に何度も目が覚めた。ときおり雑魚寝をしている人々の寝息や寝言や鼾でも、浅い眠りを破られた。

（もうどうせ熟睡などできやしない）半ば諦めの境地で起き上がった。五時を少し過ぎたばかりだった。熟睡して目覚めたのとは違って、頭が重かったが、そのほかの五感を働かせて、音を立てないように気を配り、身支度を始めた。

眠れない短い夜をやり過ごして迎えた日曜日だった。過酷な条件の中であっても毎朝の聖書の学びが省略されることはなかった。今朝も日曜日でなければ睡魔と戦いながら、熱心なイ牧師の講義に耳を傾けなければならなかったのだが、時間が短かったので、眠くて前にのめって醜態を曝す前に終わった。多佳は講義の内容よりも居眠りをしないですんだことを喜んだ。

サウナも、公衆浴場も、宿泊所もあるビルの一角に主イエス・サラン教会はある。一つの階を全部教会にしてあるようだ。広さも、信徒たちの人数も、多佳が通っている教会の十倍はある。礼拝堂を埋め尽くした信徒たちの前で、昨日夕食を振る舞ってくれた牧師が説教を始めた。話の内容をイ牧師が今井先生に通訳し、前の席の今井先生が後ろを向いて多佳に日本語で伝え、多佳から三人の女性たちに鸚鵡返しに伝えた。最後まで正しく伝わっているかどうか、自信はなかったが、そう外れてもいない、と思うことにした。今井先生の通訳を待つあいだ、牧師の韓国語が耳に入ってくる。意味は分らないが、イントネーションが、子供時代母の多喜枝と暮らした東北地方の言葉と似ている、と思ったとき、今井先生の列の席にいるよしやが、声を忍ばせ、体を震わせて笑いをこらえているのが目に入った。よしやの両隣にいる神学生たちも、よしやの笑いが伝染して、下を向いて同じように体を震わせていた。笑う理由はわからなかったが、多佳にも彼らの笑いが伝染してきた。いい年をして、笑うわけにいかない、と思えば思うほど、こらえきれなくなった。下を向いて、両手の指を絡ませ、顔を隠して考えているふりをした。理性で制御できない生理現象と戦っているうちに、神聖な礼拝の時間は終わった。

不真面目な態度で臨んだ礼拝だったが、誰からも咎められることもなく、終わったときは、日本人グループ全員が立つように促され、牧師から信徒たちに紹介された。会堂に割れるような拍手が響いた。想像もしなかった歓迎ぶりに、多佳も神学生たちに混じって、後ろめたさを含んだ笑顔を返した。

昨夜の牧師の約束通り、礼拝後の昼食には信徒たちが作った収穫祭のご馳走が振る舞われた。昨日二人の女性たちが大量の烏賊を調理していたが、その烏賊も韓国風のスパイスで味付けされて、ほかのご馳走と一緒に並んでいた。旬の果物の、梨や葡萄も豊富に添えられていた。梨や葡萄は日本のものと同じ味がした。そのことが多佳には不思議だった。

母の多喜枝が他界してからは、家庭で何種類ものご馳走を作る習慣はなくなってしまった。

父の武次と二人、おせち料理でさえ質素にしている。配偶者がいて、子供もいれば努力をしたのだろうが、ずいぶん前からその必要もない。

久しぶりに郷愁をそそられる料理を味わった。外国の食べ物なのに、とても懐かしい味がする。主食は何種類かの穀物が入った米飯で、副食も数種類あり、どれも手が込んでいた。もてなされている、という実感に体中が満たされた。

食事の部屋は、礼拝堂とは別になっていたが、座卓を囲んで座ると、移動ができないほど、大勢の人に埋められていた。収穫祭という特別の日だからか、いつもの光景なのかはわからないが、人混みが苦手な多佳も、抵抗なく混雑の中に溶け込んでいた。

多佳の隣に座った多佳よりは若いのだろうが、中年の男性が、立ち歩いている小学四、五年生くらいの男の子に、名前を呼んでから空の皿を渡して、テーブルに並んでいる料理を取って欲しいと頼んでいる。ひしめき合うように人がいる部屋で、大人が移動しながら好きな食べ物を選ぶのは無理なことだった。多佳は目の前に並んでいる料理で十分満足だったので、離れたところにまで目を向ける必要をかんじていなかったが、隣の男性はすべて心得ているらしかった。男の子は素直に皿を受け取って、男性に頼まれた物を取りに行った。多佳には経験できないことなので羨ましかった。二人のやりとりを眺めていると、斜め前に座っていたもと子が言った。

「大原さんのお隣の男性の方、テレビに出ていらっしゃる有名なタレントさんなんですってよ」

そう言われても韓国のテレビなど見ないし、どれほど有名でも今の自分には関係のない人物だった。もと子は誰かから又聞きしたのだろう、と思いつつ気がついたら心にもないことを男性に言っていた。

「写真を撮らせていただけますか」

日本にいたらどれほどの有名人でも写真を撮らせて欲しいなどとは言わない自信があったが、近くても外国にいるという開放感から、多佳も無責任な言葉を発していた。

男性が多佳の肩に手を回してきた。違う、私が撮ります、というのが面倒になって、多佳は自分のカメラをもと子に渡して撮影を頼んだ。日本ではタレントに限らず、有名人のいる教会は珍しい。韓国はクリスチャン人口が多い分、有名人がいるのは特別なことではないようだ。日本に帰ったら重くも軽くもない話題にできそうだ。

満たされた昼食の時間を過ごして、午後のスケジュールが開始となった。満腹感と重くなった瞼とで、動きも緩慢になっていたが、寝ている時間はなかった。夜には華城市にあるス・チョンメソジスト教会でゴスペルシンガーズたちとコンサートを開くことになっている。終わりにきて漸くゴスペルツアーらしくなるようだ。移動する車の中で今井先生から曲の指定が二曲あった。

一曲は、ある時期売れていたシンガーソングライターの作詞作曲によるものだった。彼のコンサートは多佳の教会で一年前に開かれた。そのときに曲の紹介をしながら彼が歌った曲の一つだった。十歳の娘を脳腫瘍で亡くし、その直後に作った曲だと言っていた。一人娘を失った父親と、ただ一人の子を十字架につけてしまった神とを重ねて、彼は切々と歌っていた。ただ一度の流産から立ち直れなくて、離婚にまでなってしまった多佳には、聞くのが辛い曲だった。

もう一曲は世界共通の賛美歌で、日本語と英語と韓国語とで、と成り行きで決まった。日本語と英語は普段から馴染んでいるが、韓国語は誰もが初めてだった。イ牧師から歌詞を教えてもらって、それぞれ急いで筆記した。多佳は楽譜に片仮名で韓国語を書き込んだ。

ゴスペルシンガーズのように音楽活動をしているわけではないので、日本人グループが一緒にメロディーを歌えばいいだけの話だが、人前で歌うからには、練習の必要があった。車の中では今井先生がリードをとって歌の練習をした。なんとか形になったころ、仁川市内から車は郊外へとさしかかっていた。しばらくすると目の前に豊かな田園風景が広がった。もうすぐ稲穂が頭を垂れて実りの季節を迎えるのだろう。先ほどから多佳は、子供のころ母の多喜枝と暮らした田舎の風景を見ているような気分になっていた。少し違うところは村の中に、大きくはないが、白い瀟洒な建物があることだ。ワゴン車はその白い建物に近づいている。田圃の畦道なのに舗装され、道はその建物へと続いている。ワゴン車はスピードを緩め、駐車場に入った。ドライバーのキム・ヤンサンがサイドブレーキを引いた。前の席に乗っていたのでそうするしかなかったのだが、多佳は真っ先にキム・ヤンサンがドアを開けてくれたワゴン車から降りて建物に向かった。

駐車場から入ったところは正面玄関ではなかったらしいが、中は韓国にしては規模が小さいが、礼拝堂だった。楽器も音響装置もそろって、掃除も行き届いている。この村の人々が日曜日に礼拝する教会、多佳にはそれ以上思いつかなかった。

多佳が一人でいるところに、ほかの女性たちも入ってきた。

「表に、『三・一運動殉国記念塔』って書いてあったわね」

さき子が言った。

「え、もしかしてここは何か重要な場所だったのかしら。だとしたら事前に教えてくれてもよかったのに……」

多佳は誰にともなく不満をぶつけた。

「パンフレットに書いてあったでしょ」

もと子は常に自信をもって正論を吐く。多佳は神学生でも聴講生でもないので、事前に旅行の説明会には出席していない。もと子からファックスで送られてきたパンフレットは黒くて、不鮮明で、見にくかったとか、確か堤岩里、と短く入っていたような気がするとか、出発前は忙しくてよく見なかったとか、このような大事なところを見学するときは事前に声をかけてほしいとか、言い分はいくらでもあるが、理路整然と話すもと子に言葉で叶うことはない。黙っているほうがことは穏便に治まる。多佳がそれほどの敗北感を味わう前に、イ牧師たちの計画が静かに実行に移された。

突然、狭い正面玄関の方からバリトンとテナーの二重唱が聞こえてきた。素人とは違う声の響きだった。何が始まったのか、確かめる気持ちもあって多佳も女性たちと一緒に急いで正面玄関に戻った。ドライバーのキム・ヤンサンと到着した日、仁川空港に出迎えてくれたゴスペルシンガーズのメンバーの一人の青年だった。韓国語は理解できないが、曲は確かレクエイムだ。誰のためのレクエイムかなど時間をかけて考える必要はなかった。

二人が歌い終わると、教会に隣接する記念館の見学が始まった。教会のある場所は華城市、教会の名前は堤岩里《ジェアムリ》教会だった。始めに、視聴覚教育室、と表示されている部屋に案内された。中に入ると小さなスクリーンが正面にあり、三十名分ほどの椅子が整然と並んでいた。平日でもあり、見学客も少なく、部屋は日本人グループの貸し切りのようだった。

ＤＶＤの上映が始まった。静かな音楽が流れ、平和でのどかな自然がスクリーンに映し出された。緩やかに、空に聳える松の木の上を舞う二羽の鶴、咲き乱れる花に群れる蝶や蜂、藁葺き屋根の民家が点在する集落。

――ソウルから南西に三十キロほど離れた華城市堤岩里は、三十三戸の大小の藁葺き屋根が入り混じる小さな村だった。

ＢＧＭとともに、流暢な日本語の解説が流れる。若い男性の声だ。

――一九一九年三月一日、日本の植民地支配下にあった韓国の人々が、ソウルを始め、全国の主要都市で一斉に独立万歳を叫び始めた。中心となったのは、キリスト教と天道教の指導者たち、学生たちだった。さらに独立運動は、主要都市から中小都市、農村から山間部へと全国に広がっていった。これに対して日本の警察や軍隊は、虐殺、逮捕、拷問、を欲しいままにした。

この独立運動への報復措置として、日本の軍隊と警察は、キリスト教の指導者たちの住む堤岩里の村の教会に、キリスト教の指導者と十五歳以上の村の男子全員を集め、出入り口をすべて封鎖し、石油をかけて火を放った。戸を打ち破って外に逃れようとする者には無差別に銃撃を加え、二十九名の人々を皆殺しにした上、三十三戸の藁葺き屋根の家も自分たちが使う一軒を残して、すべて焼き払った。

一人の年老いた女性がスクリーンに大写しになった。彼女は悲惨な様子を土地の言葉で語る。

「教会の庭に藁一山あったんだけど、人の体に被せて石油一缶かけて火をつけるから（日本軍が）、あたりじゅう大騒ぎ。出てみても日が暮れたのかどうだかわからなくなって、もうどうしようもない。次の日まで煙が上がっていて、三十里離れたとこまで煙が飛んでって、死体の焼ける匂いがするんですよ。家を焼かれた人たちは荷物をまとめて、子供の悪戯みたいに大騒ぎで山に逃げてってって」

――このとき山に逃げ切れなかった二人の女性たちは、日本人から酷い拷問を受けなければならなかった。

老女が続ける。

「カンさんの奥さんが、しっかりしてたんだけど、山で泣いているから、なんで泣いてんのって言ったら、結婚してまだ一年もたっていない夫があそこに入ったまま出てこないって」

カンという男性もクリスチャンで、教会に閉じ込められて焼き殺されたか、脱出を試みて射殺されたかしたのだろう。妻は山に逃げても、火に包まれた教会の中にいる夫を思い、気が狂うほど泣いたのかもしれない。続けて話す老女の言葉で、多佳はカンの妻が山から駆け下りたのだと理解した。

「座れって言ったの、日本人が。カンさんの奥さんの首を、刀で一回打ったら駄目で、二回打ったら肩からごろんと落ちて……」

語彙の少ない老女の証言だったが、多佳には十分だった。遠い昔、幼い多佳を納屋に連れ込んだあのこそ泥のような男が、多佳にとっては極悪人だが、老女の語る、カンの妻の首をはねた男をどう呼べばいいのだろう。

老女はときおり涙が滲む目を手の甲でこする。下顎にまばらに残ったわずかな歯が口を開くたびに覗く。長い間、残虐な記憶を脳裏に刻んで生きなければならなかった老女を思い、多佳は母の多喜枝を思った。多喜枝も空襲で焼ける東京の町を逃げ惑ったと、父の武次から聞いた。祖父母は死に、多喜枝は生き残った。多喜枝は空襲のことを語らずに世を去って行った。今ごろまで生きていたら、この老女のように語っただろうか。幼い日、浜辺で無邪気に遊ぶ我が子を見守りながら、多喜枝は水平線の彼方を見つめていた。思い出すと、感情を閉じ込めた表情だった。辛い思いを閉じ込め、沈黙し、耐えていたのかもしれない。

——山中は寒かった。かますの上で寝ている我が子の姿を見ながら、生き残った母親は血の涙を流さなければならなかった。

解説の後、老女は口元を震わせながら続ける。

「藁があって、今はないんだけど、手で藁を編んだの。骨と骨の形を合わせてみるんだけど、誰のかわからないままくるんで、それをチャンさんが共同墓地に持ってって、埋めちゃったよ。墓らしくない平らな墓だったよ」

老女は、焼け死んだ人々の骨を拾って埋めたことを話しているのだった。

また別の老人がスクリーンに映って語る。彼は堤岩里ではない、他の村の証言をする。

「村の四十二軒中、三十軒余りに火を放ったものだから、家が火で燃えて、その火が明るくて、ある人の家なんか七人全員焼け死んで、もう大騒ぎして、それで日本人が腕を切り落としたんですよ。家や人や家畜が焼ける臭いと煙は、十キロも離れた村まで広がっていったよ」

悲惨な物語のあらすじを語るかのような老人の話に続いて、別の老人が証言する。

「日本人が火をつけて、生き残った若者はみんな逃げ出して、見る影もないほど悲惨でしたよ。あちらこちら死人だらけで、むごたらしいったらありゃしない」

――この日の堤岩里村の犠牲者たちの死体は、事件を伝え聞いたカナダ人、スコットフィルド宣教師が村を訪れるまで放置されてあった。堤岩里の村を焼き尽くすと、日本軍は隣の古《こ》洲《しゅ》里《り》村に行って天道教の指導者六人を射殺した。堤岩里のこの惨状は過去の歴史となった。我々は日本の蛮行は許す。しかし、燃え上がる炎の中で一塊の灰となった二十三名の烈士たちの叫びは、我々の胸深く、永遠のやまびことなって生き続けることだろう。

老女が杖をつき、ゆっくりと体を揺らしながらスクリーンから消えて上映は終わった。九名の日本人たちは誰も椅子から立ち上がろうとしなかった。

重い空気の中にいつまでも沈んではいられなかった。訛りのある日本語に促されて、一同は隣の展示室に移動した。

「こちらへどうぞ」

展示館の案内人は、「私も安です」と名乗る女性だった。独学で学んだという日本語で、ときおり感情を交えて話す。展示室にあった多くのモノクロの写真の中には、独立記念館で見たものと同じ、耳を切り落とされたり、腕を肩の付け根から切り落とされたりした人々の、目を覆いたくなるような写真もあった。

一人の老女が片手で土の中から現れた骨を掴み、もう一方の手を顔に当てて泣き崩れている一枚があった。

「教会が焼かれて、亡くなった人々の遺骨は長いあいだそのままになっていました。日本のみなさんの献金で建てられた教会が、その後新しく建て直されるときに、お墓も造られることになり、遺骨も移されました。このおばあさん、新婚間もないご主人が殺されました。骨を拾って、どれがご主人の骨かわからないと言って泣いています」

写真の前で誰もが無言で安さんの説明を聞き、泣き崩れている老女の写真に見入った。

## ゴスペル・コンサート

雨上がりの古洲里《こしゅり》村は湿った大気に包まれ、ひっそりと静まりかえっていた。隣の堤岩里教会の衝撃的な出来事の延長線上にこの村はあった。この村で、三・一独立運動に立ち上がった天道教の指導者六人が、日本の警察や憲兵に射殺されたと、少し前、堤岩里教会の記念館で聞いたばかりだ。重い心を引き摺ってたどり着いたこの村にある、メソジスト派のス・チョン教会で今夜コンサートがもたれることになっている。旅の終わりにきてやっとゴスペルツアーらしくなるのだが、多佳は気持ちの切り替えがまだできていなかった。始めから多佳にはかつて経験したことのないハードな旅だった。神学生や聴講生たちには、ろくに睡眠もとらないで早朝礼拝に参加したり、徹夜祈祷会で祈ったり、不特定多数の人々に伝道のためのチラシを配ったり、日韓の歴史が凝縮されている歴史記念館や堤岩里教会を見学したりすることは必要かもしれない。神学校とは無縁の、職業欄に無職としか書きようのない、老いを意識し始めた無力な者が経験したからと言って何になるのだろうか。心根の優しい友人たちは聞いてくれるかもしれないが、それは理解したからではなく、語る者の人格を尊重してのことだ。多佳は酷く無力感に襲われるのだった。

ス・チョン教会は豊かな田園地帯の中にひっそりと建っていた。堤岩里教会のように瀟洒ではないが、地味な中にも荘厳さがあり、歴史をかんじさせられる。教会に到着してすぐに多佳たち女性四人が控え室として案内されたところは、教会堂と比べるとかなり粗末な、細長くて、雑多なものが置いてある、倉庫のような部屋だった。倉庫と断言してもよさそうだった。男子の新学生やリーダーの今井先生、韓国側リーダーのイ牧師の控え室はどこなのか、女性たちは誰も知らなかったが、誰も気にしていなかった。

多佳たちが割り当てられた部屋の、ちゃちなドアを開けて中に入ると、長いこと引き離されていた、自分たちのスーツケースが置かれてあった。仁川空港に到着してすぐに、手荷物の中に二、三日分の着替えを入れるようにイ牧師に指示されてから、スーツケースは別の車でどこかに運ばれていった。二、三日後にゴスペルシンガーズのキム・ジンキが、ソウル市内のキリスト教書店近くの駐車場にスーツケースを運んできてくれて、後半の着替えと交換したのだった。

ついでに寄ったキリスト教書店の、日本とは違いすぎる広さに、日本人グループの誰もが驚き、短い時間の中、このときとばかりに日本では手に入らないＣＤや本や飾り物などを競って買い込んだ。多佳も一番若いよしやの助言で、子供が歌っているゴスペルソングの英語版と、水晶で造られた小さな十字架を買った。生まれる前に亡くなった子供を偲んで、自分の部屋の一番大事なところに十字架を飾り、ときおりＣＤも聞いてみたいと思った。よしやは、

「このＣＤは人気のある曲がたくさん入っているから、買っといたほうがいいですよ」

と勧めてきたのだった。

四人はやっと出会った自分たちのスーツケースを懐かしむように引いて、それぞれ邪魔にならない場所に腰を下ろした。毎日移動するワゴン車に、人間九名と、九名分のスーツケースを積み込むことは、物理的に不可能とわかっていても、多佳には不満だった。いつも穏やかな今井先生が、

「スーツケースと別々と言うのはどうも……」

と、あるとき呟く声が聞こえた。牧師でさえ不満に思うのだから、自分ごとき平信徒が不満に思うのは当然、と安堵さえした。

やっと出会ったスーツケースからＴシャツを取り出すと、多佳は急いで着替えて表に出た。近隣を少し散歩するつもりだったが、正直、一人になりたい気持ちもあった。移動は常に定員オーバーのワゴン車だし、何をするにもグループ行動だ。少人数でも団体旅行だし、世話

をしてくれる人々のことを思うと、我が儘は言えないとわかっているつもりだが、わずかな時間でいいから心が開放される時間がほしかった。広い庭内に建っている教会の方に向かって歩いて行くと、教会堂の隣に、石碑が建っていて、今井先生とイ牧師の姿がすでに石碑の前にあって、何か語り合っている。何か意味がありそうだ。多佳も二人に近づいて行った。石碑は多佳の背丈ほどあった。

「何か重要なことが石碑に刻んであるようですが、なんと書かれているのでしょうか……」

恐る恐る多佳は碑に刻んである文言の意味を今井先生に尋ねた。

「国を思い、国を愛して命を捧げた人々の死を悼み、愛国心を讃える言葉だそうです」

今井先生が険しい表情になって答えた。

「この場所が、天道教の指導者の方々が命を奪われた場所ですか……」

暫くのあいだ、沈黙が続いた。

「韓国のどこに行っても日本の爪痕が残っているのですね……。それも癒やせないほどの。何も知らないで今日まで生きてきた自分に腹が立ちます。私にできることが何かあるのか、考えても何も思いつきません」

「知ることです。知ることが大事です。そして、感傷に浸る暇があったら考えてください」

わずか六日間のあいだに多くのことを知らされてきた。内容が衝撃的過ぎて多佳は自分で消化できないでいる。あと二日、さらに衝撃的なことであっても、日本人として、受け止めなければ、と多佳に決心させるほど、今井先生の口調は静かだが厳しかった。

「ス・チョン教会のみなさんが夕食に招いてくださってますから、六時に集会所に集まるように女性たちに伝えていただけませんか」

黙って立ち尽くしている多佳に今井先生が言った。

今井先生に背中を押されるようにして、多佳はもと子やさき子やみな子が待つ倉庫の部屋に戻った。もと子とさき子が雑談をし、みな子は彼女たちの会話を聞きながら荷物の整理をしていた。いつも見かける光景だった。もと子が着替えを始めた。Tシャツを半分脱ぎかけたところに、ノックもなく入ってくる者があった。現れたのはまだあどけなさの残る少年だった。多佳には中学生くらいに映った。驚いたもと子の手が止まった。多佳はさき子と二人で、下着姿のもと子から少年の目を逸らせようと、ジェスチュアを交えて話しかけた。もと子が素早く着替えることを期待して、多佳もさき子も必死で少年に語りかけるのだが、もと子は固まったままだ。韓国語しか話せない少年との会話はなかなか成立しなくて、多佳もさき子も次第に焦ってきた。

「ディナー？」

韓国語が話せない多佳は物を食べるジェスチュアで少年に聞いた。少年が微笑んで頷いた。

わかった、わかった、と大袈裟に答えると、少年は安心した表情を見せて出て行った。

「もう、津山さん、早く着替えるように、一生懸命あの子に話しかけて時間稼いであげていたのに、着替えないんだから」

さき子が笑いながら、じれったそうに言った。いっときの緊張から解かれて、もと子も一緒になって四人は笑い転げた。笑いながら多佳は、自分がもと子の立場だったらどうしただろうか、と考えていた。同じように固まったかもしれないのだが、腹立たしさをかんじたことも否めなかった。


食事に招かれた集会所は、高台にある教会堂と同じ敷地内だが、いくぶん低い場所にあった。入り口付近にまだ若い銀杏の木が、たわわに実を付けてしなっていた。引き戸を開けて中に入ると、コンクリートの土間に机が細長く並べられ、急ごしらえの食卓になっていた。これまで見学したいくつかの教会の例に漏れなく、ス・チョン教会も、教会堂は日本ではめったにみられないほど立派だが、それに比べて食事をする場所は質素だった。テーブルの上三箇所に鍋が置かれてあり、食欲をそそる匂いが立ち込めている。夕食の食卓についたのは、ス・チョン教会の牧師夫妻、数名の信徒、イ牧師、今井先生の一行九名、合わせて二十数名だった。牧師夫妻以外の信徒は教会の役員たちかもしれないが、韓国の教会としてはそれほど規模の大きい教会ではないらしい。もっとも周囲を見回しても田圃ばかりだ。農村にこれだけの教会があるだけでも、日本と比べたら雲泥の差だ。

食事の準備は今一緒に食卓についている女性たちがしたのだろう。鍋の中には唐辛子と大蒜がたっぷり入り、野菜も豊富で、一緒に煮えている肉や魚介類の味を引き立てている。銀杏の実も見え隠れしている。入り口の銀杏の実かもしれない、と多佳は一人で思い、満足して味わった。家庭的な料理を囲んで、招かれる側も招く側も和やかに食事を楽しんだ。次に予定されているゴスペルコンサートも今の延長で、和やかに運び、楽しめるだろうと多佳は期待した。

歓迎の夕食が済み、女性たち四人、ス・チョン教会の女性たちとともに後片付けをして、倉庫の控え室にもどり、コンサート用の服に着替えた。それぞれ衣装とまではいかないが、タウンウェアーの類いの衣服に身を包んだ。多佳も外出用の、皺になりにくい花柄のワンピースをスーツケースから取り出して着替えた。

指示された時間よりも早めに、いくらか緊張をかかえながらも、今井先生始め、神学生に交じって多佳も礼拝堂に集った。ゴスペルシンガーズのメンバーは、いつも直接世話を焼いてくれるソンイやソンギの姉妹たちのほかに五、六人増えていて、男性たちが音響設備を整えていた。信徒たちも加わって、百人以上は入れそうな教会堂はほぼ満席だった。今日の日のために、教会の信徒たちがチラシを配ったり、友人知人や家族を誘ったりして宣伝したのだろう。日本人側はもと子以外音楽のプロはいない。強いて言えば兄弟で参加している神学生の中で、兄のまことがギターをうまく弾く。今回も一曲はまことのギター伴奏で歌うことになっている。それでも、会衆の期待に応えられるだろうか、と多佳は少し不安になった。

コンサート開始の時間となった。演奏が始まる前にス・チョン教会の牧師が講壇に立った。穏やかな口調で日本人たちへの歓迎の言葉が述べられ、日本人だけ起立するよう促された。立ち上がると、会衆から力強い歓迎の拍手が湧いた。かなり照れくさい思いで多佳は神学生と一緒に会釈をした。大歓迎を受け、日本人グループが着席し、牧師のあいさつが始まった。イ牧師から今井先生に英語で、今井先生から神学生たちに日本語で伝えられるまで時間はかかるが、冒頭は日本人たちを心から歓迎している、と誰にも伝わった。

「みなさんは、さきほど隣の堤岩里村《ジェアムリ》でどんなことがあったかご覧になったと思いますが、どのような感想をお持ちになりましたか」

今井先生を通して日本人たちに投げかけられた質問だった。多佳は下を向いた。今井先生が私を指名したりなさいませんように、と心の中で祈っていた。日本人たちの心臓の鼓動が多佳には聞こえてきそうだった。

「津山さん……」

今井先生が指名したのはもと子だった。多佳は自分でないことに安堵したが、まだ動悸が治まらなかった。もと子が静かに立ち上がった。

「……子供のころから、近所に韓国の方がいらして、仲良く遊んでいましたから、独立記念館で見たことや、今日堤岩里の教会でお聞きしたようなこと、何も知らないでおりました……」

最初も最後も涙で言葉にならなかった。多佳は自分が問われているようで胸が苦しくなった。

「私たち、日本人が、日本の軍隊、憲兵、警察が、韓国のみなさまに対して、癒やすことのできない、償うことのできないほどの深い傷を負わせてしまったこと、どのようにお詫びしていいのかわかりません。それでも、私も日本人の一人として、心から深くお詫び致します……」

今井先生が声を震わせ、謝罪し、俯いた。英語だったが、まっすぐに多佳の心に届いた。今井先生が再び顔を上げたとき、頬に涙の筋が光っていた。

ス・チョン教会の牧師が言葉を継いだ。

「私たちは今日、みなさまに恨み言を言うためにお迎えしたのではありません。イ牧師はじめゴスペルシンガーズからお話があったときから、心待ちにしておりました。ほんとうにようこそお越しくださいました。私たちは個人的には日本人のみなさまを心から愛しています。実は私は子供のころから、両親に、日本人によって私たち韓国人がどれほど酷い目に遭わされたか、といつも聞かされてまいりました。ですから、ずっと日本人を憎んでおりました。ところが、イエス・キリストを救い主と信じてから、人を憎む私こそ罪人なのだと知りました。この私を赦すために、イエス様は十字架にお架かりになりました。そのことを信じたとき、日本人を心から赦すことができました」

どのように赦されようと、過去を消すことはできないのだ。イ牧師の通訳を通して、赦し、が簡単に伝えられたが、心から赦せるようになるまで、どれほどの時間が費やされたのだろうか。若くはない牧師の顔に、長い苦悩の時間を経て深く刻まれた皺が残っているように多佳にはかんじられた。会堂が重い空気に包まれていたとき、今井先生のメッセージが始まった。今井先生の英語をイ牧師が通訳する。最初に謝罪の言葉を聞いたときのようには、多佳には理解できなかったが、韓国人たちが深く頷き、ところどころで、アーメン、と声に出して同調する。三十分余りのメッセージだったが、終わったとき、聴衆から拍手が湧き起こった。多佳の心は安堵もしたが、痛くもあった。

日本人女性たちが泣き腫らした目をして、いよいよゴスペルコンサートが始まった。ステージに変わった講壇に最初に立ったのはソンイだった。ソンイのヴァイオリンから静かに賛美歌が流れる。いつも仕事を終えてどこからか忙しく現れては日本人グループのために世話を焼いてくれているソンイは、音楽の仕事をしていたのだった、と多佳は改めてソンイを見直していた。現代に生まれ、音楽家になったソンイだが、日本の支配下にあった時代に生まれていたら、と思うと、多佳はソンイを正視できなくなって、俯いてソンイの演奏に聴き入った。ヴァイオリンが澄み切った音色で歌っている。ソンイの祈りがヴァイオリンから聞こえてくるようだった。

次はソンイの妹のソンギのピアノ伴奏で、ゴスペルシンガーズの数人の若い女性たちが軽快な曲を合唱した。韓国語だが、ゴスペルソングかプレーズソングの類いだと思って耳を傾けた。

今日からワゴン車のドライバーを引き受けてくれている、このゴスペルシンガーズのチームリーダーでもあるキム・ヤンサンや若い男性たちも歌や楽器の演奏で場を盛り上げている。アメリカやカナダでも演奏活動をしている、と聞いていたが、彼らはやはりプロだ、と多佳は納得した。

演奏が終わるごとに、演奏者には惜しみない拍手が送られた。コンサートがいよいよ盛り上がったところで、最後は日本人グループがステージに上がった。ステージに立つと、改めて聴衆の多いことに気づかされた。ギターを抱えて真ん中の椅子に掛けたまことが、多佳に、始めるよ、と目で合図を送ってきた。この場合、合図を送られるのは唯一音大卒のもと子なのだが、と思いつつ多佳は成り行きに任せた。まこと の前奏が始まり、日本人たちが歌い始めた。ほどなくゴスペルシンガーズたちが全員立ち上がって、手拍子で応援してきた。日本の教会では見たこともない光景だ。今井先生の声が後ろから一際大きく聞こえてきた。八人の日本人たちは、日本語で単純にメロディーを歌っているだけで、音楽的な声を出しているのは音大卒のもと子だけだ。音楽的な評価をされる基準に達していないところが受けているのかもしれない、と思って多佳は顔がほころんだ。真に聴衆の共感を呼んでいるとしたら、世界共通の賛美歌を、日本語、英語、韓国語で歌ったからかもしれない。堤岩里の教会に向かう途中、イ牧師に教わった韓国語の歌詞を急いでメモして走るワゴン車の中で練習した曲だ。

歌い終わると会場内からさらに大きな拍手が送られた。もう過去のことなどどうでもいい、近くて遠い日本からわざわざやってきて、心を込めて歌っているあなたたちを、私たちは心から愛します、と言われているようで、多佳の心は震えた。

主イエス・サラン教会から始まって、地獄と天国を味わった一日だったが、最後は感動的なコンサートで盛り上がった、とこのときは日本人の誰もが思ったはずだった。

コンサートが一通り終わったとき、ス・チョン教会の牧師から、日本人一人ひとりに贈り物が手渡された。箱の大きさから、韓国海苔のようだ、と多佳は想像した。帰る前に箱から出して中身だけをスーツケースに詰めよう、とも考えた。後でわかったことだが、中身は手製の、青磁のティーカップとソーサーだったのだ。箱を開いたときにちょうどキム・ジンキが居合わせて、「それはマシーンではなく、ハンドメードだ！」と感嘆の声を上げたほどだった。どれほど大切な客として迎えられたかわかったのは、ス・チョン教会ではなく、キム・ジンキの教会に行ってからだった。

贈り物を抱えて、韓国の人々の好意の眼差しと微笑と拍手に送られて、倉庫のような控え室に戻ったときには夜も九時を回っていた。手荷物だけを持って早くワゴン車に乗るようにと、礼拝堂を出るときに今井先生から全員に指示があり、女性たちは急いで控え室から手荷物だけを持ち出した。

「泊まるところに着いてから着替えればいいわね」

さき子が誰にともなく言った言葉に、あっさり頷いて、多佳もせかされるままキム・ジンキが運転するワゴン車に乗り込んだ。このときドライバーのキム・ヤンサンの姿はなかった。ゴスペル・コンサートを最後に彼の姿を見ることはなかった。いつもだと、ドライバーの交代を告げられて、最後のあいさつを交わしていたのだが、その余裕などなかった。

「今夜はキム・ジンキのところに泊まります」

走るワゴン車の中でイ牧師が伝えてきた。いつも泊まる場所は行き当たりばったりだったから誰も驚かなかった。

「彼の家はとても狭いです」

イ牧師が付け加えた。野宿やどこかの教会で徹夜でなければ、狭いくらいのことで気にしてはいられない。それよりも若いキム・ジンキ夫妻の家に大勢で泊まっていいのだろうか。多佳はそのことのほうが心配だった。

田園地帯を二十分ほど走って、キム・ジンキ、スンヒ夫妻の家に着いた。正確には田圃の中に建つ教会がキム・ジンキたちの住まいだった。平屋建ての、広い礼拝堂がある教会堂と壁一枚を隔ててキム・ジンキ、スンヒ夫妻の居間と寝室、事務室、浴室と洗面所などがあり、いずれも教会堂以外は狭かった。居間で短い時間ミーティングがあった。本題に入る前にイ牧師からキム・ジンキたちの教会の説明があった。

「この教会にはお年を召された牧師がおられたそうです。その方が突然脳溢血か何かで召されて、先ほどのス・チョン教会で伝道師をしていたキム・ジンキが後任者として遣わされたのだそうです」

今井先生の通訳を聞いていて、多佳にも少しキム・ジンキたちのことがわかってきた。スンヒはス・チョン教会の牧師の娘だということもわかった。

「現在教会員は三名だそうです」

三百名の聞き違いではないかと、多佳は今井先生の顔を見たが、確かにイ牧師は、スリー、と言っていた。

「そうすると、牧師先生の報酬はどうなるのでしょうか」

三人の信徒たちで一人の牧師を支えることなどできない。素朴な疑問が湧いて多佳は今井先生に尋ねた。

「ス・チョン教会で助けているそうです」

今井先生はイ牧師の説明を小分けにして伝えてくる。教会員が一桁の教会で、生活に困窮していた牧師の話を日本で聞いたことがある。日曜日に礼拝が終わると、牧師はいつも家族と一緒にひっそり自分たちの部屋に戻って行ったのだという。昼に食べる物がなかったからだ。戦後に生まれ、父の実家で母の多喜枝と暮らしていたときでも、多喜枝は子供にひもじい思いをさせたことはなかった。が、開拓村に住む同級生は、級友たちが弁当を開くとき、机に顔を伏せて昼の時間が過ぎるのを耐えて待っていた。あのときに、自分の食べ物を分けてやらなかったことへの悔いが今も傷となって残っている。まだ小学校に入ったばかりで、そこまで気が回らなかったと、言い訳はできるが、胸を張っていえることではない。

ここは韓国だ。人口の少ない農村で、今は教会員が三人でも、いつか教会堂から溢れるほど信徒が増えていくのかもしれない。今まで見学してきたいくつかの教会も、ス・チョン教会も、開拓が始まったばかりのころはキム・ジンキの教会と同じようだったかもしれない。そう思うことで、多佳は古傷を癒やそうとした。

明日の予定などの簡単な打ち合わせの後、それぞれの寝室が割り振られた。リビングルームは男子神学生たち、礼拝堂にへばりついた三畳ほどの控え室は四人の女性たち、キム・ジンキとスンヒのベッドルームは今井先生とイ牧師、ベッドルームとシャワールームに挟まれた狭い事務室はキム・ジンキとスンヒ、狭いキム・ジンキの住まいは人で埋まった。

話しが終わるとキム・ジンキが男子の神学生たちに一緒に寝具を運びに行ってほしいと言った。そのあいだに女性たちがシャワーを浴びることになった。

「着替えをしたいのですが、スーツケースはどこにあるのでしょうか」

多佳はスーツケースも当然運ばれているものと思っていた。キム・ジンキが首を傾げた。

「私たちのスーツケースを運んでくださいましたか」

言葉が通じなかったのかと思ってもう一度聞き返した。

「スーツケースは、ここにはありません」

キム・ジンキがはっきりした口調で答えた。今井先生を除く日本人たちからざわめきが起こった。スーツケースがなければシャワーを浴びても着替える物がない。初回、スーツケースと切り離されたときは、まだ二、三日分の着替えを持っていた。今回は貴重品と、ハンカチ、ティッシュペーパーと筆記用具くらいしかない。コンサートが終わって、着替える間もなく急かされてワゴン車に乗り込んだ。あのとき、さき子が「泊まるところに着いてから着替えればいいわね」と言ったが、スーツケースのことをイ牧師に確かめるべきだった、と多佳は悔やんだ。コンサートのときに着たワンピースのまま寝ることになるのだ。上等なものではないが、寝間着の素材でもない。汗もかいているのに……。だんだん腹が立ってきた。

「スーツケースはいつ運んでいただけますか」

問い詰めるようにキム・ジンキに聞いた。キム・ジンキは困惑した表情で「明日」と答えた。

「明日の何時ころですか」

立て続けに聞いた。

「昼食のころまでには……」

申しわけなさそうに答えるキム・ジンキを問い詰めている自分が情けなくなって、多佳は口を噤んだ。

女性たちは狭い部屋でシャワーの準備を始めた。誰もがコンサートの衣装のままだ。みな子が四人の中でただ一人、手荷物用のバッグを持っていた。

「小山先生、着替えを持っていらしたのですか」

もと子が聞いている。みな子の着替えはみな子のもので、ほかの三人には関係ない、と思って多佳は気にも留めなかった。みな子が手を動かしながらいつものか細い声で何かを言っている。

「大原さん、小山先生がTシャツを捨てるっておっしゃってるけど、まだ十分着られそうよ。いただかない？」

隣にいたもと子にははっきり聞こえたのだ。

「母と妹にもらったものだけど、もう古いし、気に入らないから」

みな子が遠慮がちに言った。

「大原さん、もしかして、これブランド品かもよ」

もと子がみな子のTシャツの一枚を自分の胸の前に広げ、前身頃のロゴを上から見ている。

「小山先生の妹さんだからまだお若いのでしょう？　きっとブランドにこだわるお年なのでしょうね。この際、古くても、ブランド品でもそうでなくても、いただけたらありがたいわ」

多佳の本心だった。シャワーが終わったらワンピースは脱いで、スリップ一枚で布団を被って寝るつもりだったが、知らない場所で裸同然の姿で横たわるのには不安があった。全く、アダムとイヴに罪が入ってから、人は裸を恥ずかしいと思うようになってしまった。その前は恥ということを知らずに、裸で平和に暮らしていたのに。聖書の箇所が思い出された。それにしても、みな子はどうして着替えを持っていたのだろう。後になって気がついたことだが、そのときは確かめる心の余裕がなかった。

スーツケースのことはほかの誰も、少なくとも同室のほかの三人は引き摺っていないかのように見える。さすが神学を学んでいる人々だ。多佳は心底感心した。ヨイド教会の徹夜祈祷会から追い出されるようにして表に出たとき、リーダーの今井先生が自分より五歳年上だと知って、どんなことにも耐えようと決めたのに、早くもその決心は揺らいでいる。人間なんてそんなものだ、と開き直る勇気もまだ多佳にはなかった。

一つしかないシャワーを一人ずつ交代で済ませ、男子たちがキム・ジンキと一緒に運んできた薄い寝具にくるまって、四人が横になったときは午前二時を回っていた。頭を同じ方向に向けて、まるで目刺しみたいだ、暗がりの中で自分たちの姿を想像して、多佳は笑いをこらえていた。間もなく誰かの軽い鼾が聞こえてきた。隣の居間から、若い神学生たちが声を忍ばせて喋っては笑い合う声が聞こえる。ソウルに到着してすぐに紹介された主イエスサラン教会の日曜礼拝でも、よしやが忍び笑いを伝染させたことがある。今夜の発信源は誰か、と考えているうちに、多佳は眠りに落ちた。

薄い壁の向こうから、抑揚をつけた声が聞こえる。薄暗がりの中で腕にはめたままの時計を透かして見ると、午前五時を廻ったところだ。ほかの三人も気づいてはいるのだろうが、誰も声をたてない。隣の礼拝堂から聞こえてくるのは、キム・ジンキの祈りの声だ。合計三人の信徒たちも来ているのだろうか。暫くの後、祈りは賛美歌に変わった。感動は朦朧とした意識のうちにも湧いてくるが、体はまだ眠っている。賛美歌を聴きながら、再び眠りに引き込まれた。

部屋がすっかり明るくなって目が覚めた。並んで横になっていたもと子もさき子もみな子もすでに部屋にはいなかった。三人とも早起きして、別々のところで聖書を読み、祈って散歩にでも出かけたのだ。多佳は一人取り残されたような淋しさを覚えた。しかたなしにまた昨夜と同じワンピースに着替え、洗顔を済ませた。一人でしなければならないことは限りなくあるが、何をする気にもなれなくてノートを取り出した。正確には、昨日までのことを、記憶に残っていることだけでもメモしようと、意思が働いたのだ。日記とまではいかないが、日々のことを短い言葉で書く習慣が身についていた。誰かに見せるつもりはないが、言葉を紡いでいるうちに、心の襞に溜まっている不純物が浄化されていくのだった。少し書き始めたところにイ牧師がやって来た。

「これから朝食を食べて、今夜のコンサートのためにチラシを配りに行きますが、あなたも一緒に行きませんか」

今夜、キム・ジンキの教会でゴスペルシンガーズが中心になってコンサートが開かれることになっている。今度の旅の最後の集会であり、コンサートだ。多佳は即座に、行きます、と答えた。取り残された淋しさを味わっていただけに、なすべきことがあるのはよいことだった。

女性たちが寝室としてあてがわれた部屋は、通常キム・ジンキとスンヒが食事をする部屋でもあるらしかった。ダイニングルームが日曜のたびに礼拝堂の控え室にもなるのだ。公私混同は規模の小さい教会では避けられないのだろう。

イ牧師が隣のリビングルームから小ぶりのテーブルと椅子を運んできて、急ごしらえの食卓が出来上がった。スンヒが準備してくれたらしい食パンとミルクが隣のキッチンに置かれていた。イ牧師と二人でパンとミルクの朝食を摂り、出かけようとしていたところに、みな子が一人で戻ってきた。みな子は単独行動をとっていたのだ。

「イ先生とご一緒に、今夜のコンサートのチラシを配りに行ってきます」

みな子は今井先生を支える教職者だ。断って出かけるべきだ、と意識してみな子に伝えた。これまでどうしていたのか、と考えなければならないほど、みな子の確認をとることなどなかった。

「私も行きます」

みな子が小声で言った。みな子は寡黙で自分から話すことはあまりない。話し声も小さく弱々しい。その上食も細い。四十歳は過ぎていると、どこからともなく聞こえてはいるが、四人の女性たちの中で最年少のみな子は、イ牧師にどう映ったのか、あるときの食事の席で、イ牧師がみな子に言った。

「あなた、もっとたくさん食べて、神様のために働きなさい」

そのとき多佳はみな子に同情した。熱心で行動的で、はっきりものを言う韓国人と比較したら、韓国人でなくとも今井先生以下神学生やもと子やさき子でもいいが、みな子は頼りなく見える。が、彼女は誠実だ。多佳が具合を悪くしてグループからはぐれそうになったとき、そっと寄り添うようにして一緒に歩いてくれたのはみな子だ。みな子は神学校を卒業した伝道師だから責任感からかもしれないが、全体に気を配っても個人の痛みや悩みに気づいているのかいないのか、無関心に見える教職者とか聖職者と呼ばれる人物、それも有名な、もいる。取るに足らない者にも誠実に関わろうとするみな子を多佳は密かに尊敬している。そのみな子が一緒にチラシを配りに行く、と言ったのだ。イ牧師に声をかけられて、行く、と即答したが、心のどこかで負担になっていた。チラシを配りに行く、という行為に対してではなく、イ牧師と行く、ということについてだった。みな子の申し出を多佳は喜んだ。

表に出ると、キム・ジンキが車を準備して今井先生と、イ牧師と待っていた。歩いて近所にチラシを配るのかと思っていたが、夜が明けて見ると、田園地帯にある教会の近くに民家は二、三軒しかない。近隣だけを対象にしていたのでは話にならないようだ。どこか遠くまで、車で移動して、止まったところが目的地なのだろう。車が出発する時間になっても若い神学生やもと子やさき子の姿はなかった。もと子とさき子は近所を散歩しているのだろう。若者たちはこのような農村地帯のどこにいるのか。若いと言っても彼らは神学生だから、どこか静かな場所を見つけて、聖書を読んだり祈ったりしているのだろう。多佳がもと子たちや神学生のことを思っているうちにキム・ジンキがワゴン車をスタートさせた。

いつも折り重なるようにして乗っていたワゴン車だが、今井先生、イ牧師とキム・ジンキ、多佳とみな子の五人だけだと広すぎて贅沢な気分にもなった。昨夜からのワンピースは汗をかいて気持ちが悪いと思っていたが、のどかな田園地帯をゆったり走っているうちに、汗臭いワンピースのことは意識から消えていた。暫く走って最初に着いたところは、閑静な住宅街の中にある学校だった。中高一貫の男子校で、進学校だとイ牧師が教えてくれた。校門のところにみな子と二人下ろされた。ちょうど登校時間だったらしく、白のシャツとグレーのズボンの制服に身を包んだ少年たちが次々にやって来た。校門の前でイ牧師に言われたように、

「イエスサラン（イエスの愛）」
と言って、一人ひとりに今夜キム・ジンキの教会で催されるコンサートのチラシを配った。拒否されるかと思ったが、真面目そうな少年たちが黙って素直に受け取って行った。かすかに会釈をする少年もいる。眼鏡をかけている少年も結構いる。どの顔も勉強ばかりしているように見える。いかにクリスチャンの多い国でも、進学校の生徒が夜の伝道集会などには来ないだろう、と思いつつ配り続けた。

登校時間が過ぎたらしく、三十分もすると校門の前は生徒の姿が途絶えた。みな子と二人、割り当てられたチラシを配り終えて、手持ち無沙汰になった。みなこがカメラを取り出して、校舎や周辺に向かってシャッターを切り始めた。生徒たちがすっかり中に納まった校舎だが、みな子には記録に残す必要があるようだ。校門と細い道路を隔てて、雑貨屋のような店があった。みな子が写真を撮っているあいだ、多佳は一人で店を覗いてみることにした。明け方から少し喉が痛かった。空気が冷えていたからかもしれない。のど飴の類いが手に入ることも願った。

十数歩も歩けば着いてしまいそうな狭い道路を横切って店の前に立った。古いガラスの引き戸を開けると、薄暗い店内に賞品が雑然と置かれていた。懐かしい雰囲気だ。子供のころ多喜枝と暮らした地方の町外れにも似たような店があった。買い食いは多喜枝に止められていたが、それでもたまには父の仕送りの中から、小学校の遠足のときなど多喜枝に僅かな小遣いをもらって、キャラメルであったり、口いっぱいになってしまう大きな飴玉だったり、大人から見れば子供騙しのような菓子類を買って、一つ年下の従妹の静江と分け合って食べるのが楽しみだった。いつも店番をしていたのは愛想のいい老女だった。夫に先立たれ、雑貨屋を切り盛りしながら子供を育てたと、顔見知りの客に話しているのを聞いたことがある。成長した子供たちは独立して、今は長男家族と住んでいるとも言っていた。学校の帰りに用がなくても表から店を覗いて、彼女の姿が見えると安心した。父方のも、母方のも祖父母を知らずに成長したが、雑貨屋の女主人は祖母のような気がした。

祖母がいたら、多喜枝は一人で苦労を背負い込まなくてよかったのではないか、と思う反面、祖母がいて病気がちだったら、多喜枝の負担は増すばかりだったに違いない、とも思う。それでも多喜枝は誠実に介護をしただろう。多喜枝は自分のためには生きなかった。同じ血が流れているのに、多喜枝のようには生きられない。努力もしなかったが、母にはかなわないと諦めが先に立つ。

人の気配に気づいてか、店の奥から一人の年輩の男性が出て来た。父の武次よりは若そうだ。多佳を一目見て韓国人ではないとわかったらしく、言葉ではなく、穏やかな微笑を送ってきた。この人の過去にも日本人が関わっていたのだろうか。このあたりの生まれだとすると、堤岩里や古洲里のことはよく知っていることだろう。軽々しく飴など買いにくるのではなかった、と後悔した。早くこの場を立ち去るには飴を買って帰るしかない。多佳は急いで自分の周囲を見回したが、飴は見つからなかった。韓国の言葉は話せないが、片言の英語など話す気になれなかった。仕方なしに目の前にあったガムを二つ買い求めた。日本にもあるメーカーだが、値段は日本の半分くらいだった。黙って二千ウォン（約二〇〇円）を差し出すと、男性は静かに受け取って、釣り銭を丁寧に返してよこした。男子校の生徒たちも、この男性から、同じように親切に扱われているのだろう。真っ暗な部屋に裸電球が点ったときのような感覚を多佳は味わっていた。

滅多に車が通らない道路を小走りに横断して、みな子の待つ校門の前に戻った。みな子にもガムを一つ差し出すと、彼女は痛く恐縮している。

「のど飴を買いに行ったのだけれど、なかったからガムにしたの。何も買わないで帰って来るのも気が引けたので。私、ガムは噛む習慣がないから、二つもいらないの。小山先生もご迷惑かもわからないけど、どうぞ」

みな子とガムのやり取りをしているところにキム・ジンキの運転するワゴン車が迎えに来た。チラシを配り終えたイ牧師と今井先生も一緒だった。男性三人は少し離れた女子校の前で配って来たとイ牧師が言った。全部配り終えたとも付け加えた。男子校でも思ったことだが、日本だったら登校中の生徒にチラシなど配れば、校長とまではいかなくても、教師か誰かが飛んで来て、「生徒にチラシなど配らないでください」と、きつい口調で言われたことだろう。クリスチャンの多い国だからか、国民性なのか、多佳の韓国に来てからだけの浅い経験では理解はできなかった。

「昼食が済んだらもっと広い範囲にチラシを配ります。その後で祈祷院にも行きます」

イ牧師が午後の予定を必要最小限度の言葉で伝えてきた。やることが多過ぎるのだから、言葉は少ない方がありがたい。祈祷院という言葉も出発前にもと子から聞いたが、どんなところかなど想像するだけでもエネルギーを要する。先走って考えないほうがよさそうだ。頭で考えた以上のことがこれまで経験してきたことだ。

キム・ジンキの教会に戻ると、スンヒが一人でキッチンに立ち、昼食の準備をしていた。手伝うことがないかと尋ねると、今はなにもないから休んでいてください、と言われた。みな子は礼拝堂や教会の周辺を写真に撮るつもりらしく、カメラを持って外に出て行った。多佳は一人、相変わらず昨日からのワンピース姿で、働いているスンヒを気にしながら、床に足を投げ出したり、腕枕をして横になったりしていた。

表に車の音がして、間もなくエンジンの音が止まった。表が騒がしくなった。神学生たちがどこからか帰って来たのだ。さして気にも留めないでいると、騒がしさが玄関に移動してきた。地響きのような音もする。さすがに寝てはいられなくなった。起き上がってリビングルームを覗くと、神学生たちがスーツケースを運び込んでいるところだった。キム・ジンキが昨夜の約束通り、チラシ撒きから帰ってすぐに神学生たちを連れて、ス・チョン教会までスーツケースを取りに行ったのだ。

多佳は単純に嬉しかった。長いあいだ離ればなれになっていた家族と出会えたような気分だった。昨夜から寝ているあいだを除いて着の身着のままだった。いったんは覚悟を決めたが、不快感はつきまとっていた。多佳はほかの三人の女性たちのスーツケースをリビングの片隅の邪魔にならないところに寄せ、自分のスーツケースだけキッチンの隣の控え室に運んだ。ついでに運んでやればいいと思ったが、実行はしなかった。段差のあるところで持ち上げたりして四人分のスーツケースを運ぶ作業は、多佳にとって重労働だ。これから何が起きるかわからない。体力は温存しておくべきだ、と判断した。他人にどう思われるかよりも今は着替えができることが喜ばしい。多佳は急いでTシャツとコットンパンツを取り出して着替えた。時と場所と目的に合った服装は心地よかった。ささやかな自由も嬉しかった。着替え終えてスーツケースの中身を整理していると、キッチンでスンヒの呼ぶ声が聞こえた。

「助けてください」

と片言の英語で助けを求めている。何事かと思って顔を出すと、ちぢみを作って欲しいと言っている。水で溶いた粉に、短く切ったさきいかと半分に切って細かく裂いた蟹風味の蒲鉾をボールに入れて掻き混ぜている。同じスプーンで一杯ずつ掬ってフライパンで焼くのだと説明を受けた。簡単そうだが、スンヒの見本のようにはうまくいかなかった。スンヒのは、小さくて薄くて上品に見える。何枚か作っているうちに、少しはまし、と思える形になってきた。

父武次の食事は毎日作っているが、量も少なくて親だという甘えもあって気楽だ。今日の場合、気楽とはいかない。大勢の食事作りは時間と労力を要する。一人ひとりの味覚に合わせるのは難しいが、最低、自分が納得できるものでありたい。結婚してまだ一年にもならない若いスンヒが、何人もの外国人のために食事作りをしている。そのことだけでも多佳には尊敬に値することだ。そのスンヒの役に立っているのだと思うと、自己嫌悪に陥ることが多かった多佳には満足でもあった。

昼食は、スンヒの鍋料理が主体で、スンヒの母が作ったというキムチと、韓国海苔と、多佳が手伝って焼いた烏賊と蟹風味蒲鉾のちぢみが食卓に並んだ。鍋料理と並んでちぢみは好評だった。

材料はスンヒが用意したのだが、ちぢみは多佳が九十パーセント焼いた。そのちぢみを褒められるとやはり嬉しい。

父の武次は娘の作る食事をいつも無言で食している。けなされたこともないが、褒められたこともない。作る側としては張り合いがない。感情をあまり表さない武次だが、母の多喜枝が最後に作った手打ちうどんは、最高だ、と言った。日頃は多喜枝の作る食事さえ、褒めなかった。多喜枝の手料理は、子供時代に世話になっていた武次の実家の人々にも、近所の人々にも、美味しい、と定評があった。暫く離れて暮らさなければならなかったが、武次は多喜枝のような料理上手な妻と結婚して、幸せだったはずだ。最後に一度だけでも褒められて多喜枝は満足して逝ったのだろうか。武次の不器用さを知っていて、お父さんをお願い、と言ったのだろうか。あなたも自分の幸せを考えてね、とも言われたのだが、多喜枝がわが子に願ったのはいったいどんな幸せなのか、多佳にはまだわからない。

午後の仕事は、夜にキム・ジンキの教会で行われるゴスペルコンサートのチラシ撒きから始まった。キム・ジンキの運転するワゴン車で女性たちが今井先生やイ牧師と連れて行かれたところは、彼の教会から四キロほど、多佳が体でかんじた時間と距離だが、離れた小さな町だった。ソウルから移動してまだ一日だが、何日も前に都会を離れ、辺鄙な田舎に久しく身を置いているような気分になった。堤岩里や古洲里で密度の濃い経験をしたからかもしれない。

町の中心と思われる商店街で女性たち四人は下ろされた。多佳とみな子はバス停で乗降客に、もと子とさき子は近くのスーパーマーケットの周辺で買い物客に、それぞれチラシを配るようにと、イ牧師に指示された。イ牧師は指示をした後、キム・ジンキ、今井先生とほかの場所へ移って行った。彼らは責任者だから、信徒たち以上に精神も肉体も酷使して働かなければならない。彼らには働くか働かないかの選択肢があったとしても、働く方しか選ばないように多佳には見える。しかも、苦痛を滲ませた表情は見せない。苦痛は信仰によって浄化されてしまうのだろう。

ゴスペルシンガーズから旅への招待があったとき、今井先生は神学校の教師としての仕事だけでもこなしきれないほどの量だったと思われるが、一行のリーダーまで引き受けている。しかも膨大な資料まで準備して。キム・ジンキも狭い住まいに九人もの宿泊客を迎えなくてもよかったのに、彼も彼の妻も、多くの時間と空間と労力を費やして日本人たちをもてなしている。イ牧師は招いた側のリーダーだが、この計画が実行に移されるためには、彼の背後の人々の協力も大きかったことは容易に想像できる。実現に至るまでの詳しいことは何もわからないが、現実に自分たちはこうして韓国に来ている。寝心地のいいベッドもなく、観光気分に浸る時間もきわめて少ないが、招く側での精一杯の、立場を変えれば自分には絶対できないと断言できるほどのもてなしを受けている。

神学生でも聴講生でもない自分は、働きたくないときは断る自由がある、と当然のように思っていた。しかし、このツアーに加わってまだ一度も、何も断ったことはない。韓国に到着したときから、多佳にとっては過酷なスケジュールに半病人のようになりながらも。理由は、この旅には終わりがあるからだ。それ以上に多佳を突き動かすものがある。韓国と日本の歴史を知ってからだ。

みな子と二人、バス停の前で乗降客を待った。おおよそ十五分くらいの間隔でバスは到着する。乗り降りする客は平均すると五、六人だ。私鉄沿線の住宅街に住んで、駅にも近いことから、滅多にバスに乗ることはないが、ときおり近所のバス停で見かける乗客は非常に少ない。ときには一人もいないときがある。利用者が少ないから、バスの本数も少ないのか、その反対なのか、世間知らずの多佳には推測も難しい。ここ韓国の田舎町で、日中バスが到着するたびに五、六人も乗客がいるのは日本と比べての話しだが、多いとかんじる。

それでもバスが到着するたびに、みな子と二人で五、六人の乗降客にチラシを配ると、人はすぐにいなくなり、チラシはなかなか捌けない。次のバスが来るまで二人とも所在をなくして立っていた。

「私は向こうの通りに行って、商店街を歩いている人に配るわね」

バスを二台ほど見送った後、みな子はバス停の反対側に小走りに歩いて行った。午後の日はまだ高く、朝晩は寒いくらいなのに、日中の残暑は日本と変わりない。みな子が渡って行った通りは日差しがまともに注いで、遮る物がない。多佳は自分だけ楽な場所にいて、みな子を暑さの中で働かせているようで落ち着かなかったが、間もなくバスが来たので、みな子に対しての罪悪感もいつしか消えていった。

言葉の通じない人々に、イエス・サラン（イエスの愛）と、イ牧師に教わったただ一つの言葉を添えて、割り当てられた五十枚くらいのチラシを配り続けた。視線を合わせないで黙って受け取る人もあり、かすかに笑顔を返してくる人もあり、一瞬不思議な人物を見るような視線を送ってくる人もあり、一様ではなかったが、誰からも拒否はされなかった。

手持ちのチラシも残り少なくなった。あと二台くらいバスを待っていれば全部終わりそうだった。次のバスを待つ人々が数人集まってきた。それまでの延長線上で多佳は一人ひとりに、最後まで気を抜かないで丁寧に、と意識して配った。頭を坊主刈りにした七十歳代くらいに見える男性が一人列の中にいた。彼にも同じように手渡した。チラシを受け取ると、彼は暫く紙面を眺めていた。そのうちチラシを裏返して指を指し、何か言った。言葉がわからない。何か文字を書け、と言っているようだった。

「ごめんなさい。わかりません……」

多佳が酷く恐縮して答えると、男性は密かに紙を丸めて、一旦は手の中に納めて、そっと地面に捨てた。小太りで丸顔の男性は無表情だったが、怒っているふうでもなかった。言葉が通じないだけに、相手の心情を測りかねて、多佳は戸惑っていた。男性の年齢からして、日本の支配下にあった韓国を少しは知っているのかもしれない。もしかしたら、堤岩里や古洲里の村とも関係があるかもしれない。そう思って多佳の心は凍った。バスが来て、乗客が降りて来て、男性が乗り込んで、バスが遠ざかって行っても、多佳はチラシを持ったまま立ち尽くしていた。

キム・ジンキの教会から田園地帯を通り、小高い丘くらいの山に向かって坂道をワゴン車で十分ほど上って行くと、次の予定の祈祷院があった。宿泊する部屋がいくつもあり、一階には千人くらいは入れそうな広いホールがある、二階建ての建物だった。外観は学校か研修センターのような雰囲気があった。

床はよく磨かれていて、バレーボールやバスケットボールもできそうな、体育館のようでもあった。多佳が想像していたのは､車が入れないような山中にある､小屋のような建物だった。事実多佳が日本で一度だけ経験したことのある祈祷所は、信州の山の中にあって、祈りの家と呼ばれ、大人が三人ほど入ったらいっぱいになるような狭い小屋だった。山の中にまで行って祈るのだから三人でも、多過ぎる、と思ったほどだった。

あのときは山の斜面を利用して建てられた宿泊施設の裏山に、祈りの家がある、と参加していたセミナーの主催者か講師から聞いて、好奇心から覗いてみたに過ぎなかった。日々の生活の中で問題がないわけではないが、山に籠もってまで祈らなければならない必要をかんじてはいなかった。今でも母の多喜枝を送ったとき以上に大きな問題はないとさえ思っている。

「私たちはイエス様が味わった苦しみを覚えて、ここに身動きができないほど大勢集まって祈ります」

誰もが祈祷院の規模の大きさに驚きの声を上げていたとき、イ牧師が説明を加えた。この広い場所に身動きできないほど人が集まったときのことを、想像しただけで多佳は気が遠くなりそうだった。

不当な裁判で無実の罪を着せられ、自分がつけられる十字架を担がされて、ゴルゴタに牽かれて行くイエス・キリストの苦しみに比べたら、身動きができないことくらい些細なことだが、多佳には、大勢の中に押し込められるようで、それは拷問に近いことだった。

祈祷院に出発する前に、男子の神学生たちは疲れ切った顔をしていた。女性たちが人通りの多いところに車で送られて行くとき、最年長のつよしは、最年少のよしやと近隣の住宅にチラシを配りに行った。彼らがイ牧師に希望を聞かれてよしやが選択したのだったが、農村の住宅の一軒一軒に配り歩くのに、どれだけの労力を要するか、神学生たちは誰も理解していなかった。

よしやと二人で配りに行ったつよしは、キム・ジンキの教会に帰るなり、泥だらけのビーチサンダルを表の水道で、無言で洗っていた。家と家とのあいだが三十分も離れていてチラシを全部配りきれなかった、とぼやいていた。三十代のつよしと、十代のよしやが歩いて三十分なら、みな子を除く女性たち三人だったら、その倍近くかかっていたかもしれない。ビーチサンダルを洗うつよしの側で、よしやは困惑した顔をして無言で立ち尽くしていた。大学生で、苦労を知らずに育っていると聞くよしやにとっては、つよしよりももっと辛い修行だったことだろう。ぬかるみにはまったりしながら、集落の住宅をくまなく歩く二人の姿を想像して、多佳は彼らの労苦を思いやった。

まこととみのるは何も言わないところをみると、彼らはさほど困難な地域を廻ったのではないらしかったが、つよしとよしやのことが気になって、多佳には彼らまで思いやることはできなかった。

肉体的な苦労は休息によって癒やされることだろう。多佳には目の前でチラシを丸めて捨てられた衝撃がまだ残っている。けれどもこの体育館のようなだだっ広い祈祷院で、入りきれないほど大勢の人々の中で、体をくっつけ合うようにして一晩中祈ることに比べたら、泥だらけになってチラシを配ることも、配ったチラシを目の前で丸めて捨てられることも、大したことではない、と多佳には思える。

五十八年間生きてきて、自分の意思ではない集団行動は、最も苦手なことの一つに入る。熱心とはほど遠いクリスチャンだと自負しているが、祈りについては大切だと考えている。祈らなければならないことはこれまでに幾度もあった。誰にも聞かれたくない祈りもあった。祈りの言葉を口にできないほど悲惨な状況に追い込まれることがこれから起きないとは限らない。それでも、我を忘れて気絶しそうになるまで祈ったりすることには抵抗がある。仁川空港に着いたとき、イ牧師に韓国人と日本人の国民性の違いを口走って、それはあなたの罪ゆえだ、と言われた。

罪ゆえかそうでないかは、神だけが知る。これから先の人生、老いた武次と二人で静かに生きていくのだ。武次はいつか遠くない将来、この世を去って行くだろう。その後はただ一人、人生の最後に向かって生きていくのだ。激しく燃えて生きるときはすでに去ったと思っている。ただひっそりと、誰にも邪魔されないで、誰の邪魔もしないで、それでも丁寧に淡々と生きるつもりだ。人が、つまらない生き方、と言っても生きる本人が納得して生きるのだから、誰にも口を挟まれたくはない。

しかし、この一週間、静かに、丁寧に、淡々と生きられないことばかりが続く。このような中でも心を鎮めていることはできるはずだが、多佳の心はいつも波だったり、沈んだりしている。神聖な場所であるはずの祈祷院にいてさえも。

夕方、祈祷院から帰ると、スンヒとキム・ジンキの母が一緒に夕食の準備をしていた。キム・ジンキの母は、夕方女性たちが町でコンサートのためのチラシ配りを終えて、指定された場所で待っていると、迎えに来たキム・ジンキの運転するワゴン車に、息子と一緒に乗っていたのだった。

そういえば、朝スンヒに電話がかかってきて、スンヒが「ヨボセヨ（もしもし）、オモニ！」と弾んだ声で答えていた。あの電話はキム・ジンキの母親で、午後の打ち合わせをしたのだ、と多佳は結びつけて考えていた。キム・ジンキの母が膝に抱えた鍋から、よく太った薩摩芋が覗いているのが見えていた。夕食の材料かもしれないとも思った。

キッチンで忙しそうに立ち働くスンヒの傍らで、キム・ジンキの母は床に足を投げ出して、さっき顔を覗かせていた薩摩芋を黙々と油で揚げていた。どこかで見た光景だ。そうだ、一世代前の日本にはあたりまえのようにあった光景だ。嫁と姑が一緒に食事の支度をする習慣は、韓国ではまだあたりまえのように残っているのだろうか。

多喜枝も世話になっていた伯父の家で、義理の伯母と一緒にいつも台所に立っていた。嫁姑ではないが、立場は同じようだ。

「多喜枝さんは東京の人だから、味付けも上品だねえ」

野良仕事で疲れているはずの多喜枝と義理の伯母の和やかなやり取りが思い出される。自分には嫁とキッチンに立つことなど、生涯巡ってくることはないが、スンヒと姑の姿に、多佳は羨ましさよりも心が和むのを覚えていた。

夕食の席に着く前に今井先生から、

「コンサートのとき、日本人グループが全員で歌った後、女性たちだけで賛美歌を一曲歌ってください」

と言われた。

「私は勘弁してほしいわ。津山さんが一人で歌えばいいのよ」

今井先生の姿が見えなくなるとさき子が、独り言のように小声で呟いた。もと子は、みんなで一緒に歌いましょうよ、と軽く流している。この場合、リーダーの今井先生に従うべきだ、と多佳は思った。

「この曲にしない？」

もと子が、自分のよく知っている讃美歌を口ずさんで言った。多佳の知らない曲だった。みな子とさき子は否定も肯定もしなかった。多佳は、暗殺されたケネディー大統領の葬儀のとき、アメリカの有名な歌手が歌った讃美歌がいい、と思った。理由を聞かれても、はっきり答えられないが、自分が好きだからであり、突き詰めると、もと子の推薦する曲は、日本語の通じない韓国で歌ったとき、韓国の人々に訴える力が弱いような気がした。

もう一つ、もと子は音大卒で、どんな曲でも初見で歌えるはずだから、譲ってほしいと思う気持ちもあった。

多佳は讃美歌集をめくって自分の希望する曲を探すが、なかなか見つからない。多佳が探している曲は、曲は同じでも、歌詞は多佳が以前所属していた合唱団の指揮者が作詞したものだった。そうしているうちにももと子が曲を選んで次々に薦めてくる。みな子もさき子もどちらでもよさそうだったが、多佳だけが納得しなかった。決まらないまま夕食の時間になった。多佳は今井先生の隣になった。食前の祈りの前のわずかな時間に、多佳は今井先生に讃美歌集を渡して、探している曲のメロディーの触りの部分をハミングで歌い、どのページにあるか尋ねた。今井先生はすぐに多佳の探している曲のページを開いて歌集を戻してきた。もと子がまた別の曲を探して推してきた。

「もう迷っている時間はないです」

事情を知らない今井先生がきっぱりと言った。まだ決まってなかったのよね、と少し離れたところに座っているもと子の呟く声が多佳の耳に届いた。後ろめたさが多佳を襲った。今井先生が何か言ってくれたら、多佳は素直に従う気持ちになったが、うやむやのうちに多佳の希望する曲に決まった。

スンヒとキム・ジンキの母の心づくしの手料理を、イ牧師と今井先生をリーダーとする日本人一行は、感謝の祈りを捧げて後堪能した。まさに韓国滞在最後の晩餐だった。イエス・キリストが十字架にかけられる前の晩餐のような悲壮感はないが、明日韓国を離れる淋しさは誰の胸の内にも去来していたのか、いつもよりは会話が少なかった。

食事を終えると、後片付けもそこそこに、一同はコンサートの準備に入った。いつの間にかスンヒはカラフルな韓国服に着替えていた。若くてもスンヒは牧師夫人なんだ、と多佳はスンヒの民族衣装に見とれながら、改めて思った。スンヒに賞賛の言葉を送っているところに、彼女の従兄夫妻が一歳くらいの男の子を連れてやって来た。コンサートを聴きにきたのだと、スンヒが片言の英語と、身振り手振りを交えて紹介する。スンヒも従兄たちのように自分の子供を抱く日がくるのだ、と多佳は若い彼女を半ば羨ましく思って見ていた。

ほどなくゴスペルシンガーズの若者たちがやって来て、ス・チョン教会のときのように音響装置の準備を始めた。彼らが準備をしているあいだ、多佳たちも今井先生を交えて、まことのギターと、突然頼んだゴスペルシンガーズの若い女性のピアノ伴奏で、コンサートに歌う三曲を通して練習した。気まずい思いもしたが、事は順調に動き出した。

ソンイがコンサートの開始直前になって駆け込んで来た。妹のソンギは早くから集まって仲間たちと準備をしていた。多佳はソンイのことが気になっていたのだが、自分たちの歌う曲の選曲や練習や、その上いくらかの葛藤も抱えて、ソンギに確かめる余裕がなかった。昼間少しの時間ソンイの姿を見かけたが、そのときは、韓国の食品を買いたいと言う若者たちを町へ連れて行くために、仕事を抜け出して来て、用事が済むとまた戻ったのだと、後で知った。今日は忙しいから行かれない、と断ることもできたのだろうが、いつも彼女はどこからともなく現れて、そんなにしてくれなくてもいいのに、と誰もが思うほど、日本人たちをもてなしてくれる。いつか雑談の中で、音楽の仕事をしながら、音大の大学院に通う妹とソウルの狭いアパートに住んでいる、と言っていた。多佳は、ヴァイオリニストのソンイの仕事は、やはりヴァイオリンを教える仕事なのではないかと想像したのだった。多佳の顔を見るとソンイは、

「急いで何か食べ物を食べてきます」

と言い残してキッチンに入って行った。ソンイのことだからよほど空腹で疲れているに違いない、と多佳は思った。牧師夫人のスンヒが何か食べ物を用意していてくれればいいが、とも思ったが、それ以上ソンイに心を砕いている時間はなかった。

ゴスペルシンガーズたちの準備も整い、礼拝堂に人々が集まって来た。多くはゴスペルシンガーズのメンバーとその友人知人たち、ス・チョン教会の信徒たちや家族やその友人たちだったが、キム・ジンキの教会員三人に加え、見慣れない人々が四人いる、と密かに日本人グループにも伝わってきた。四人は、昼間つよしとよしやが、隣の家まで三十分も離れている農村地帯に、ぬかるみにはまったりしながら配ったチラシを見て来た人々かもしれなかった。わずか四人だが、合計すると教会に集う人々が一挙に倍以上に増えたことになる。人口の少ない集落で四人も集まったのだから、かなりの成果があったと言える、と多佳はつよしとよしやを褒めてやりたい気分になっていた。

キム・ジンキの司会でコンサートが始まった。ここでも今井先生が、韓国の人々に過去の謝罪をし、短いメッセージをした。キム・ジンキの教会の会員たちは初老か、それよりも年齢が上に見える女性たちだった。彼女たちも苦しい時代を通されてきたことだろう。多佳は自分の口で彼女たちに謝罪をしたい気持ちになっていた。

今井先生のメッセージが終わって、ゴスペルシンガーズたちの演奏が始まった。プログラムはス・チョン教会のように進んでいった。少しの変化は、ソウルから運転を引き受けてくれていたキム・ヤンサンの姿が見えなかったことだ。彼はゴスペルシンガーズのある地域のチームリーダーでもあるが、牧師のような立場でもあるから、今夜のコンサートよりも優先させることがあったのだろう。ゴスペルシンガーズたちのあいだでは、詳しい情報が行き交っているのだろうが、日本人たちは知らなくても、ほとんど影響のないことだった。ただ、世話になったことへの感謝の気持ちを何らかの形で表せなかったのは、多佳には心残りだった。

いよいよ順番が日本人たちに回ってきた。神学生まことのギター伴走で日本人たちが歌い始めると、ゴスペルシンガーズのメンバーたちが全員総立ちになって手拍子を送ってきた。最後という思いもあってか、手拍子はス・チョン教会よりも一段と大きく聞こえてくる。そして最後になった。女性たち四人が講壇の真ん中に立った。なかなか決まらなかったが、ともかく、多佳の希望の曲を歌うことになった。ゴスペルシンガーズの若い女性がピアノに向かい、彼女の細い指で前奏を奏でた。

嵐すさぶ世の旅路に　疲れ果てしわれを
主よなれは愛に富めば　御手《みて》に支えたまえ

（アメリカ南部民謡・奥山昌夫日本語詞）

歌いながら、多佳は誰かの視線をかんじていた。楽譜から顔を上げると、イ牧師の視線が多佳に向けられていた。

——あなたがその曲を選んだ理由は、孤独だからなのですね。かけがえのないお母さんを天に送ってから、長いこと淋しさを何重にも囲って生きてきたのですね。でもしっかりあなたを受け止めてくれるのは誰か、わかっているでしょう？　それでもあなたは孤独ですか？　日本と韓国の歴史を今日まで何度も見てきたでしょう。あなたは誰からも支配されてはこなかった。あなたの自我の強さを許してくれる友人もいるでしょう。その友人は大切な友だからこそ、あなたをこの旅に誘ってくれたのでしょう。私はあなたを憐れに思います。けれども赦します——

イ牧師のその目に湛えているものに、多佳の心は抉られていくのだった。突然目の奥から熱いものが滲んできた。俯くと、ゴスペルシンガーズたちの手拍子がひときわ高く聞こえた。歌い終わったとき、女性たち四人は、泣き腫らした目をして、俯いて狭いステージに立ち尽くしていた。若いスンヒがステージに駆け上がって泣きながら四人の女性たちを一人ひとり抱きしめて慰める。ゴスペルシンガーズたちも涙を拭っている。

やがてキム・ジンキが震える声で最後のあいさつを始めた。

「このコンサートが、神様の祝福のうちに終えられることを心から感謝します。日本の兄弟姉妹と私たちがこうして心を一つにして、このようにすばらしいコンサートの機会をもつことができて、ほんとうに嬉しく思います。過去において、日本と韓国はとても不幸な関係にありました。このたび日本のみなさまをお迎えするに当たって、私たちはまず、日本に対して、日本人に対して過去に憎しみをもったことを悔い改め、神様の前に祈りました。私たちは日本のみなさまを心から許します。そして心から愛します」

キム・ジンキの涙ながらのあいさつに被せるように、会衆とゴスペルシンガーズのあいだから拍手が湧き起こった。

激しい雨音がする。屋根を、地面を打ち叩く音が多佳を眠りから引き剥がす。昨夜のコンサートの興奮が心地よい疲れを誘発し、ここが外国だということを忘れるほど深い眠りに落ちていたようだ。夜明け前で外は暗いが、目を凝らして腕の時計を見ると、午前四時少し前だった。後一時間もしたら出発だ。雨の音に混じって、シャワールームの隣の事務室から話し声がかすかに聞こえてきた。キム・ジンキ夫妻とソンイが起き出して、ゲストを送り出す準備を始めたのだ。

キム・ジンキと妻のスンヒは、自分たちの寝室も、部屋らしい部屋はすべて日本人たちに開放して、自分たちは雑多な物、と言っても教会にとっては必要なものなのだろうが、その雑多で必要なものに囲まれた事務室で休んでいたのだ。そこに昨夜はソンイも加わって三人で雑魚寝をしたのだった。わずか二晩だが、二晩もキム・ジンキとスンヒは寝具もろくにない部屋で過ごしたのだ。多佳の胸は最後の方になってまた痛んだ。

示し合わせたように多佳たち四人も揃って布団から抜け出した。

「夕べは全然眠れなかったわ」

もと子がぼやいた。多佳の記憶の中には誰かの鼾が残っている。誰のか、などと追求している時間はなかった。起床と同時に出発の準備を始めなければならなかった。

慌ただしく身支度を調えて荷造りをし、まだ薄暗い中表に出ると、大雨の中、ゴスペルシンガーズの若い男性が二人、車を止めて待っていた。女性たちが重いスーツケースを引き摺って車に向かうと、彼らは駆け寄って来てスーツケースを受け取り、自分たちの車とキム・ジンキのワゴン車に積み込んでくれた。雨脚は強くなるばかりだ。教会も、庭も、キム・ジンキに飼われている茶色い犬が眠る犬小屋も、実が膨らみ頭を垂れ始めた稲が波打つ周囲の田圃も、これから出発する二台の車も、激しく雨に打たれている。

日本を発つ前には想像もしなかった酷い経験もしたけれど、それ以上のもてなしを受けた。

こんな嵐の中、暗いうちから駆けつけて帰国を助けてくれる人々がいる。彼らから受けた親切を全部差し引いたとしても、この旅に加わった意義は深すぎるほど深い。自分の中にある自我がとてつもなく太く根深く生えていることに気づかされた。でも、この国の誰からも生きることを否定されなかった。むしろ、肯定され続けてきた。多佳が感慨に浸っているうちに出発の時間となった。嵐の中ワゴン車は、キム・ジンキの運転で、イ牧師、スンヒ、ソンイ、そして日本人たちを乗せて、仁川空港に向かって出発した。空港での劇的な別れを想像して、多佳の胸は早くも波立っていた。

少し走ったところで、ワゴン車が止まった。ソンイが着ていたパーカーのフードを被って、雨の中近くの自動販売機に向かって走って行く。間もなく缶ジュースを抱えて戻って来たが、全員の分は持ちきれなかったらしく、再び自動販売機の方に走って行った。少し明るくなってはきたが、大雨の降る外の気温はいつもよりかなり低かった。冷たい缶ジュースを開ける者はいなかったが、ソンイの親切は日本人たちの心を熱くした。

ワイパーがフロントガラスの雨をせわしなく弾く。アスファルトの道路に水しぶきが煙る。古洲里の村も堤岩里の村も次第に遠ざかる。

父

午後になって雪が降り出した。せわしなく舞い落ちる雪に、道路も建物も樹木も白一色に包まれていく。車の通りが少ない裏通りを、ジョシュー・鈴木の車が二本の筋を引きながら、タイヤと雪の鈍い摩擦音をたてて前進する。

七十歳をとうに過ぎたジョシューの運転に、多佳はいくらか不安を覚えていた。

「このあたりはオンタリオ湖に近いから、トロントの北部に比べたら積雪量は少ないです」

無言で前方を見つめる助手席の多佳に、ジョシュー・鈴木が語りかける。日系人の彼の日本語はわかりやすいが、イントネーションはカナダ人のものだ。

積雪量は少ないといっても、やはりカナダだ。中学まで母の多喜枝と暮らしていた東北の南の地方でも、十一月に雪が降ることはなかった。まして今住んでいるあたりでは真冬でさえ雪は珍しい。

「ちかごろは地球温暖化が進んでいるのに、やはりカナダは寒いのですね。十一月に雪が降るのですもの」

「昨日までは天気もよくて暖かでした」

確かに日だまりは暖かそうだったが、肌でかんじる気温はかなり低かった。一昨日の夕刻、トロントの空港に着いて、昨日はジョシューが予約しておいてくれたダウンタウンの民宿で一日を過ごし、昼前、近くの公園や宿の近くを散策したが、晴れていても空気は冷たく、顔に刺さるようにかんじられた。紅葉もほとんど終わってはいたが、わずかに木にしがみつくように残っていた葉は、紅葉の極みにまで達していた。

町中の古びた家の壁を這っていた蔦は、モノクロの世界に深紅が浮かび上がったかのように鮮やかで、多佳は息を飲んで見つめた。あの蔦にとって、あの古びた壁が生きる場所だったのだ。最後の一葉を落とすまで蔦は燃えて生きるのだ。立ち尽くして多佳は感慨に耽った。蔦のように命を燃やして生きたことなど、これまでなかった。このまくすぶったように一生を終えてしまうのもしれない。

降り積もる雪のように多佳の心は重い。あと一か月で二〇〇三年は終わる。なんと重く、強烈な締めくくりとなることだろう。そして、刻一刻とこの旅の目的に近づいている。恐れや不安も入り交じっている。トロントに来るまでに少なくても二か月は迷っていた。二か月前、友人のもと子に誘われて、彼女が通う神学校の韓国ゴスペルツアーに誘われ、八日間の旅を終えて帰宅したばかりで、また新たな旅への動機となる話が持ち上がったのだった。

韓国の旅は、多佳が予想もしなかったことの連続だった。初っ端から日本と韓国の不幸な歴史にショックを受けたばかりでなく、生々しい女性の証言や、そのことを通して埋もれていた自分の過去とも向き合うことになり、多佳の気持ちは複雑に交錯していた。旅程もハードで、父の武次と二人、ひっそりと暮らしている多佳には、過酷な修行とさえ呼べるものだった。辛い旅、と断言してもいいくらいだ。辛い旅、と矛盾はするが、出会った人々はこれ以上の親切はない、と多佳がかんじたほど親切にもてなしてくれた。

到着するなりスーツケースと引き離されて、サウナの休憩室で莚の上に雑魚寝をしたり、宿泊所は恵まれたとは言えなかったが、若い新婚の牧師夫妻が自分たちの二間しかない家を、九人の日本人に解放してくれたり、それほど大きくもない教会の牧師夫妻が、狭いゲストルームを提供してくれたり、若い姉妹が仕事や勉学の合間にそこまでしなくてもいいと思うほど、日本人のグループに世話を焼いてくれたり、とにかく、最低の旅費で、一晩蚊の襲撃には遭ったが、飢えることもなく、寒さに震えることもなく、命の危険にさらされることもなく、彼らの犠牲によって、旅の全行程は守られた。しかし、強烈な体験となったことは確かだ。

成田空港からの帰り道、バスの中で多佳はなぜだか涙がこぼれて仕方がなかった。悲しみではなかった。涙の意味がわからないまま、家に帰ると、すぐに現実に引き戻された。

九十歳に近い父の武次を一人置いて何日も家を空けてしまった親不孝を取り戻そうと、帰宅早々、武次の部屋の掃除を始めた。母の多喜枝と一緒に寝室にしていた一階の南東にある部屋を、多喜枝が亡くなってからは、武次が書斎と寝室とを兼ねて一人で使用している。そう汚れてはいなかったが、念入りにするつもりで、掃除機とはたきを持って武次の部屋に入ったとき、机の上にあった一通の航空便が目に入った。

いつも整頓してあるので白い封書が際立って見えた。武次の年齢になると、戦友もずいぶん亡くなって、一年に一度の年賀状でさえ減るばかりだ。封書はたまに届くことはあるが、海外からの航空便など近年見たこともない。

誰からだろう。封を切ってあるのだから、見てもかまわないのではないか、ためらいながら封書を手にとって差出人の名前を裏返して見た。が、やはり良心が咎めてそのまま元に戻した。はたきをかけながらも、掃除機を念入りにベッドの下までかけながらも、ずっと航空便が気になって、差出人 Joshu Suzuki という名前を小声で口に出してみた。今までに聞いたこともない名前だった。

昼近くに家の中の掃除は一通り終わり、昼食の準備に取りかかったところに武次が散歩から帰って来た。夏のあいだは早朝の散歩に切り替えていたのだが、秋になり、朝食をすませてからゆっくり出かける生活に戻っていた。

玄関の木製の帽子掛けに帽子と上着を掛けると、洗面所でうがいと手洗いをすませ、居間のソファーにくつろぎ、読みかけの新聞に目を通す。武次の日課だ。そのあいだに多佳は手早く食事を整え食卓に並べる。昼はおおかた麺類が多い。武次が新聞を読み終える頃を見計らって声をかける。

「お父さん、ご飯ですよ」

「今行く」

武次の返事も決まっている。

食卓につくと父はいつもの習慣通り、いただきます、と低い声で厳かともとれる食前のあいさつをして箸をとる。いったい誰に向って、いただきます、と言うのかと多佳はこのごろ意地悪く思う。武次が音をたてて麵を啜った。多佳も無言で少量の麵を口に入れた。先ほどの航空便がまだ気になっていた。

「お父さん、カナダから航空便がきたのね。知り合いの方?」

武次が口の中の物を咀嚼して飲み込むのを待って聞いた。

「うん……」

「カナダに知り合いがいたの?」

武次の返事が曖昧なのがよけいに気になった。

「うん……」

「うん、ばっかり言って。どういう知り合い? 私には知られたくない人?」

軽い気持ちで言ったのだが、一瞬武次の箸を持つ手が止まった。がまた何事もなかったかのように麵と煮物のおかずとに交互に箸を伸ばした。武次は生来寡黙だったが、いつもと違う寡黙さが、多佳には食事のあいだも食器を洗っているときも気がかりだった。

秋の日は短い。家の中の仕事にかまけていると、うっかり庭の洗濯物が午後の傾いた日差しに当たり冷たくなっているときがある。洗った食器を急いで拭いて食器棚に収めて庭に出た。武次の部屋から見える庭の東側の物干し竿から洗濯物を取り込むとき、背後に父の視線をかんじた。気になって振り向くと、やはり焦点の定まらない武次の視線が多佳に向けられていた。

居間のソファーで取り込んだ洗濯物を畳んでいると、武次が部屋から出てきた。

「あら、お父さん、今お茶入れますね」

「自分でやるからいいよ」

と言って武次は台所に入って行った。今日の武次は妙に寡黙だが、多佳から意識的に目を逸らす表情や態度が、いつもより多く何かを語っていた。

畳み終わった洗濯物を、父のと、自分のとに分けて、それぞれの引き出しにしまい終わったとき、武次がお茶を入れて居間に運んできた。多喜枝のときからの使い慣れた黒い漆塗りのお盆に、二人分の湯飲みが載っている。

「あら、お父さん、すみません」

お盆を持つ武次の手が危なげで、多佳は咄嗟に手を出した。このごろとみに武次の老いをかんじる。武次から受け取った湯呑をサイドテーブルに置いて、多佳がお盆を台所に戻しに行っているあいだに、武次は自分がいつも座るソファーに掛けてお茶を啜っていた。多佳も向い合せに腰を下ろした。

「お茶だけではつまらないわ。何かお茶請けも持ってきますね」

「いや、お茶だけでいい」

多佳が腰を浮かすと、武次が制止した。

「おまえに話しておかなければならないことがある」

湯呑をサイドテーブルに戻すと、おもむろに言った。

「改まって、何かしら……」

武次が何を切り出そうと、動揺しない自信が多佳にはあった。還暦近くまで生きてきて、些細なことにいちいち驚いてはいられない。軽く構えて父の言葉を待った。

「これを読んでみなさい」

武次がシャツのポケットから縁取りのある白い封筒を取り出した。二つに折られているが、さっき武次の机の上にあった航空便だった。手にとって見たことが、ばれたかもしれない、といくぶん後ろめたい気持ちになった。が、折り曲げてポケットに入れてあったということは、娘に見せるか、始末するか、迷ったのではないか、とすると、まだ気づかれていない、と多佳は武次の表情を見て思った。
「私が見ていいの？」
武次は無言だった。
受け取った封筒から中身を取り出して、封筒をサイドテーブルの上に置いた。大型の洒落た便せん一枚に、横書きで日本語の文字が並んでいた。

初めてお便りいたします。私の夫はトロントの日系人教会の牧師です。彼は日系二世で、日本語を話すことはできますが、書くのは苦手ですので、日本人の私が代筆いたします。

丁寧な文字だった。多佳は走り書きで書く自分の文字に比べたら、美しい、とさえ思った。手紙は続く。

このたびは佐久良次様のことでご連絡致します。佐久様は一か月ほど前、軽い脳梗塞でお倒れになり、現在もまだ入院しておられます。なにぶんにもご高齢でいらっしゃいますので、楽観は許されないと夫も私もかんじております。夫と私は、ときおり佐久様の病室をお訪ねしておりますが、先日初めて、重大なことをお聞きしました。

佐久様は、このごろ頻繁に日本の娘の夢を見る、とおっしゃいました。日本にお嬢様がおられることはお聞きしたことがないので、夫も私も驚きました。

佐久様はいぶかる私どもに、「わけがあって生後間もない娘を大原ご夫妻に預けた。病弱だった妻もその後すぐに亡くなり、暫く失意のどん底にあったが、自分が佐久家を去ることで誰もが新しくやり直せると思い、日本を離れる決心をした」と、打ち明けてくださいました。大原ご夫妻とは、娘には生涯会わない、と誓ったともおっしゃいました。

佐久様には現在、トロントに来られてから結婚なさった奥様とのあいだに、お二人のお嬢様とお一人の息子さんがおられ、みなさまご立派になられて、ご両親を助けておられます。

中でも息子さんはお父様の後を継いで、ワイン工場を手広く経営しておられます。成功なさるまでは奥様とお二人で、ずいぶんご苦労をなさったそうですが、そのご苦労も報われて、現在は経済的にも恵まれたご生活をしておられます。ご家族のみなさまも毎日のように交代で佐久様を見舞っておられます。それでも、遠く離れて暮らさなければならなかったお嬢様を思うお気持ちは、ますます募っておられるのだと思います。

私どもから具体的なことを申し上げるべきではありませんが、どうぞよくお考えになって、悔いの残らない結論を出されますよう、お祈りしております。もし、私どもがお役に立てることがありましたら、どんなことでもご連絡ください。

突然のことで、さぞ驚かれたことと思います。あなた様も佐久様もまだお若い方でしたら、このような性急なぶしつけなお手紙は差し上げませんでしたが、今がぎりぎりの機会のようにかんじペンをとりました。

読み終えた手紙を膝に広げて、多佳は暫く複雑な気持ちと戦わなければならなかった。還暦に近い年まで、自分の出生に疑問をもったことなどなかった。多喜枝にいつか言ったことがある。

「私、お母さんの娘でほんとうによかった」

多喜枝は「ありがとう……」と、涙ぐんでいた。あれは単純に喜んでいただけではなかったかもしれない、と思い起こされる。

「この佐久良次さんという方がお父さんとお母さんに預けた娘って、私のこと？」

武次の答えは決まっているのに、聞かないではいられなかった。

「……そうだ」

間を置いて、言いにくそうに武次が言った。

「多喜枝が亡くなったとき、ほんとうはおまえも自分の幸せを見つけるべきだった。もし、ほんとうのことを打ち明けていたら、おまえはこの家を出て、もう一度自分の幸せを探したかもしれない。でも、それでは佐久さんご夫妻との約束を破ることになる。悩んだが、言い出せなかった。おまえにはすまないことをしたと思っている……」

最後の言葉を武次は濁した。武次と多喜枝が実の親でないとわかったなら、なおさらのこと多喜枝の亡きあと、家を出ることはできなかっただろう。

「お父さんが謝ることないわ。その、佐久良次さんという方と誓ったことを固く守ったのですもの。この年まで生きてきて、お父さんとお母さんの娘だということを疑ったことなんかありませんでした。そのくらい、私を大切に育ててくださってありがとうございます。でも、どう受け止めたらいいのか……、多少のことでは驚かない自信はあったのだけれど……」

子供の頃、多喜枝に「お父さんと結婚してよかった？」と聞いたことがある。

多喜枝は少し間を置いて、「あなたが生まれてきてくれたからよかった」と答えた。

結婚に失敗して実家に戻って来たときも、多喜枝は多佳を全身で受け止めてくれた。小柄な多喜枝に、多佳は疑うこともなく子供のように泣きながら甘えた。あのとき多喜枝はすでに病に冒されていたのに、多佳の背中を優しく撫でながら言った。

「……あなたは悪くないわ。悪いのはお母さん……。あなたには我慢することばかり教えてきたかもしれない。ごめんなさいね……」

多喜枝に、我慢しなさい、と言葉で言われたことは一度もなかったが、多喜枝自身は、人生を投げ出したくなるようなことにも耐えて生きていた。多喜枝ほど我慢強くはないが、多喜枝の生き様のいくらかは自分にも乗り移っているような気もする。

多喜枝に声を荒げて叱られたことも、多佳の記憶の中には一度もない。一度だけ、多喜枝が声を震わせ、相手に向かって行ったことがある。あれは多佳が今にも悪魔の餌食にされようとしたときだった。年端もいかない幼児を、己の欲望の対象にしようとした男に、多喜枝は、決して許しはしない、と命がけで迫って行った。実の子供ではない多佳を、あれほど必死に守った多喜枝と言う人を今の今まで実母と信じて疑わなかった。抱えきれないほどの重い秘密を多喜枝は最後まで守り通した。

「お父さん、どうして私がお父さんとお母さんの娘になったのか、教えていただけないかしら」

少し気持ちが落ち着くと、多佳は肝心なことを聞いていなかった、と気がついた。武次は覚悟を決めたかのように立ち上がって、無言で自分の部屋に入って行った。机の横の引き出しから、何かを取り出している風だった。武次が口を開くのを多佳は静かに待った。サイドテーブルのお茶は冷めてしまったが、多佳はのどの渇きを覚えて飲み干した。

武次が手にしてきたのは、見覚えのある花模様の布に、厚紙を入れて作った二つ折りの小さなフォトフレームだった。多佳が子供のころ、多喜枝がどこからか手に入れて作ってくれた木綿の花柄のワンピースがあった。白地に小花模様のワンピースを、世話になっていた伯父の家の従姉妹たちは羨ましがったし、多佳も気に入っていた。その洋服の残り布で多喜枝はフォトフレームを作っていたのだ。

長い年月が経って、布は少し黄色みがかっていた。武次から受け取って多佳が開くと、生後間もない赤ちゃんを抱いた、若い女性の写真が現れた。モノクロで色はわからないが、柄の大きな和服を着ていた。細面の顔はどこか弱々しく、見覚えがあった。そうだった。結婚して五年目に漸く母になれるはずだったのに、事故とも、多佳の不注意とも言えるできごとによって、身籠もって間もない子供を失ったときの自分の顔だった。

「裏を見てごらん」

武次が言った。言われるまま裏を返すと、佐久美弥子二十五歳、多佳生後七日、昭和二十三年三月十二日、と細い文字で書かれていた。

「私を生んでくれた方ね……」

素直に、お母さん、と言えなかった。血は繋がっていても、共に重ねた歳月がない。覚めた感情が多佳には悲しかった。

「この方はこの写真の後、亡くなったのね？」

「そうだ……。この写真から間もなくだった……」

厳粛に静かに武次が言った。多佳は他人事のように受け止めた。もう一度、黄ばんだ写真をみつめた。赤ん坊の自分は母の胸に抱かれて眠そうな顔をしている。今にもぐずって泣き出しそうだ。母との永遠の別れが待っているとも知らずに……。この母の胸から多喜枝の胸にどうして抱かれるようになったのか……。

「佐久美弥子さんは、佐久良次さんと結婚しておまえが生まれた。だが、二人の結婚はやむにやまれぬ事情があったからなんだ」

多佳の疑問を武次が少しずつ紐解きする。

「美弥子さんは、良次さんのお兄さんの奥さんだったんだ……」

「許されない結婚だったの？」

疑惑が多佳の脳裏をよぎった。

「そうではない。敗戦が誰の目にも明らかになってから、美弥子さんのご主人は、南方の島に送られた。ほどなく弟の良次さんにも招集礼状がきた。酷い話だよ。援軍も、弾薬も食糧も送らずに、軍人でもない、昨日まで鍬や鋤を持って土を耕していた人間を、戦地に送り込むんだから。軍部は自分が死ぬわけではないし、兵隊たちを消耗品くらいにしか考えていなかっただろう……。二人も息子を取られた家はどうなる……」

自分自身の戦争体験が蘇ったのか、武次は深い溜息を洩らして話を中断した。

「敗戦になって良次さんは九死に一生を得て復員してきた。しかしお兄さんの方は、戦死、と公報が届いたのだそうだ。もちろん戦局が最悪のときに、遺骨などあるはずがない。骨箱の中に入っていたのは、紙切れと砂のような物が少しだったらしい。それでさえ、よく届いたと思うよ」

武次の口から戦争のことを聞くのは初めてだった。武次自身のことは未だに聞いていない。世代の違う人間に話してもわからない、と思っていたのか、語れないほどの経験をしたのか、と多佳は武次の話を聞きながら思った。

物心ついたときは多喜枝と二人、伯父の家に世話になっていた。それまで、自分がこの世に誕生するまで何があったのか、などと考えたこともなかった。武次は今そのことについて話している。昨日まで韓国を旅してきて、戦争の悲惨さを肌でかんじてきたはずだったが、それは他人の経験で、自分の痛みではなかった。

「美弥子さんのご主人は農家の長男だった。今でこそ東京はどんな郊外でも農地など探さなければないが、戦後しばらくはまだ畑や田んぼが広がっていた。佐久家は長男を失って、美弥子さんが年取った舅姑の面倒をみながら、一人で農業をしなければならなくなった。そのころ私もやっとのことで復員してきて、多喜枝と二人、佐久家の近くの農家の離れを借りて住んでいたんだ。多喜枝は美弥子さんに同情して、よく仕事を手伝いに行ったり、多目におかずを作っては届けたりしていたよ」

武次が遠くを見るような目をした。多喜枝が伯父の家で野良仕事の手伝いをしていた姿が思い出される。都会で生まれ育った多喜枝が、田舎の生活に根を上げなかったのは、経験を積んでいたからだったのか。

「佐久家には跡取りが必要だった。長男の方が戦死して暫く経ったころ、美弥子さんに良次さんとの再婚の話が持ち上がったのだよ。良次さんのご両親の希望で」

両親の希望だけだったのだろうか、と多佳はまだ母親と良次の結婚にこだわっていた。

「お母さんという人は家のためにだけ再婚したのでしょうか。そうだとすると、ちょっと淋しいわね……。家のために私が生まれたことになるもの……」

武次は答えなかった。

「どうして良次さんはカナダに移住したの」

「……帰って来られたんだよ、美弥子さんのご主人、つまり、良次さんのお兄さんが……」

「でも、戦死の公報が届いたのでしょう?」

「……戦争末期のころの南方の島は、悲惨だったと、生き残って帰って来た人から聞いた。米軍は上陸して来るし、援軍も食糧もないのに、徹底抗戦するように命令されて、飢えと闘いながら、戦力では適うはずのない相手に向かって行ったんだから。銃弾に当たって一発で死んだ方がよほどましだったと思うよ。餓死や病死するよりは。それでも生き延びるためにジャングルの中を彷徨ってひきがえるまで食べた話も聞かされたよ。中には食糧を探しに行って帰るのが遅れたばかりに、敵前逃亡とみなされて銃殺刑になった兵隊もいたそうだ。米軍はどんどん上陸して来るし、投降するなら死ね、と教えられていたし……。美弥子さんのご主人はジャングルに食糧を探しに行って米軍の攻撃を受け、瀕死の重傷を負って倒れているところを、米軍に救出されたのだそうだ……」

多佳は、国家の洗脳から解かれ、屈辱感さえ捨てれば、捕虜になったほうがよかったのではないか、と考えた。日本の憲兵隊は、世界の中で最も残酷な拷問に快感を覚えている、と思われるほど残酷な拷問の証拠の写真を韓国の歴史記念館で、自分の意思ではなく、韓国の人々に案内されて見てきたばかりだ。

拷問の末に、片腕を切り落とされた男性、モノクロだが、その傷口を故意に写したと思われる写真、顔が変形して性別の見分けがつかない死体の写真、祖国の独立運動に立ち上がり、拷問の末に殺された十八歳の少女の顔写真、思い出すと恐ろしさに息が止まりそうな感覚に襲われる。

米軍にも非人間的な人物はいただろうが、少しはましなような気がする。母美弥子の夫が瀕死の重傷を負いながら、生きて帰されたことだけから見ても。

「ご主人が帰って来られたとき、美弥子さんはすでに良次さんと再婚して、おまえを身籠もっていた。言葉にならなかったよ、気の毒で……」

抗えない事実、というものを受け入れられる年齢になった、と多佳はつい先ほどまで思っていた。自分が生まれて来なければ母はもう一度帰って来た夫と人生をやりなおすことができたかも知れない。夫の戦死の報を聞いて、三年ものあいだ婚家に留まっていたのは、義理の両親を見なければという義務感だけではなくて、夫が生きているかも知れないと、かすかな希望をもっていたのかもしれない。それとも佐久良次という男性と人生をやり直したいと思っていたからだろうか。確かめる術はもうないのだ。

「美弥子さんは、ずいぶん苦労されていた。良次さんと再婚してからも身を粉にして働いておられた。お前が無事に生まれるだろうか、と多喜枝も心配していたよ。そこへご主人が帰って来られたのだ……」

武次はときおり話を中断しては、また続けるのだった。

「帰って来たのが遅かったのね。誰も悪くないのに、みんなが苦しむことになるなんて……」

多佳には誰かを命がけで待った経験などないが、美弥子の心の痛みは理解できた。突然誰にぶつけたらいいのかわからない怒りがこみ上げてきた。血の繋がりをかんじたのかもしれなかった。

「美弥子さんはおまえが生まれる頃には床に伏すことが多くなった。多喜枝は、無事に赤ちゃんが生まれるだろうかと心配して、食事を作って運んだり、美弥子さんの看病をしたり、佐久家に入り浸っていたよ」

多喜枝らしい、と多佳は武次の話を聞きながら思った。

「美弥子さんは、自分で最後のときをわかっていたのかもしれない。多喜枝に、生まれてくる子供を育ててほしい、と頼んだのだそうだ」

「美弥子さんがお父さんとお母さんに私を託したのは正解だったわ……」

善良な夫婦に育てられ、この年まで生きてこられたのだ。人生の歯車が少しでも狂えば、悲惨と言えるところまで落ちてしまったかもしれない。当たり前に思っていたことが、誰かの犠牲によってだったのだ。

「多喜枝と二人で、お前を実子として育てようと決めたのだよ。そのためには、事実を知る人のいないできるだけ遠くでお前を育てようと思ったのだ。戦後の混乱期でもあったし、早く住まいを見つけようと思っても、そう簡単にはいかなかった。兄貴が快く引き受けてくれたから、暫く私の仕事が安定して、お前たちを迎えにいけるようになるまでという約束で世話になることにしたんだ」

暫く、は生まれてから中学を卒業するまでになってしまったのだ。血の繋がりのある人たちばかりだと信じて。いとこたちからも両親の子ではない、と一度も言われたことはなかった。伯父は酒に酔うと、文句を言う義理の伯母を殴ったりすることもあったが、酔わないときは温厚で、いとこたちと分け隔てなく可愛がってくれた。伯父は自分の妻にさえほんとうのことを話していなかったのかもしれない。口の堅い人だったのだ、と多佳は武次によく似て額の広い伯父を思い出していた。

佐久良次の病室には、駐車場から入るといくらも廊下を歩かないで到着した。日本の、人であふれそうな病院しか知らない多佳には閑散として見えた。個室になっている病室は広く、壁も、コンクリートの床も灰色一色で、暖房は入っているが、寒々とかんじられた。スチール製のベッドに仰向けに寝ている老人は、紛れもない、自分の実の父である佐久良次だ。顔が青白く小さく見えた。白い上掛けが、先ほどから降り出した雪のように白い。

「佐久さん、鈴木です。ご気分いかがですか」

ジョシューが目を閉じている佐久良次に、屈みこんで声をかけた。多佳は少し離れてジョシューの後ろに立っていた。佐久が静かに目を開けた。

「はい、いつもありがとうございます。変わりありません。眠ってばかりいます」

力ない声で佐久が答えた。少し舌がもつれるようにも聞こえた。

「佐久さん、今日は日本からお客様ですよ」

佐久の顔が一瞬強ばった。が、静かに視線が多佳に向けられた。

「大原多佳です」

ベッドに近づいて静かな口調で、はっきりと多佳は名乗った。佐久は無言で多佳を見つめる。誰かを探している表情だった。この人の妻となった女性の年齢を遥かに超えてしまった老女に、佐久は戸惑っているのかもしれない。

「大原の両親に私を預けてくださって、ありがとうございます。心から感謝しております」

佐久の双眸が潤んだ。

「立派になって……」

佐久が絞り出すような声で呟いた。ずいぶん年をとったな、と言えなくて咄嗟に出てきた言葉だろうか、と思って多佳は苦笑した。

「鈴木先生からお聞きしました。ご苦労なさったのですね。でも今はご家族に囲まれてお幸せなのですね」

佐久は多佳の言葉にはっきり頷いた。

「ひとつだけ、あなたを自分の手で育てられなかったことが、ずっと心にかかっていた……」

戦争さえなければ、母の美弥子と結婚もしなかったろうし、自分が生まれることもなかった。佐久の責任ではない。

「そのように思わないでください。私さえ生まれなければ、あなたも、大原の両親も私のために苦労をすることはなかったと思うのです。でも私は大原の両親に大切に育てられました。その前に命と引き替えに私を生んでくださった美弥子さんというお母さんと、お母さんと結婚してくださったあなたに、心から感謝しています」

ありがとう、と佐久は言葉と一緒に、ベッドカバーから手を出した。多佳はその手を両手で包んだ。

「私もひとつだけ、聞いてもいいですか」

多佳には直接佐久に確認しておきたいことがあった。

「美弥子さんとは家のために結婚なさったのですか」

多佳の両手の中にあった佐久の手が、かすかに動いた。

「ごめんなさい、失礼なことをお聞きして。もしお嫌でしたら、お答えにならなくてもよろしいのですよ」

多佳は自分の質問が佐久を苦しめたのではないかと気になった。

「家のためなんかじゃない。美弥子さんが佐久の家に嫁いできたときから、兄貴を羨ましく思っていた。私も美弥子さんのような人を妻に持ちたいと思った」

佐久は顔を天井に向けてから続けた。

「私は次男だから、家を出ていたんだが、兄貴が戦死して、両親から美弥子さんとの結婚話がきたとき、少しも躊躇なんかしなかったよ。でも美弥子さんは、兄貴を待ち続けていたようだった……。戦死の公報が届いて三年も経って、諦めて私の妻になったけれど……」

「美弥子さんのことをそのようにおっしゃらないでください。でないと、私は自分の出生について悩まなければならなくなります」

自分が生まれなければ、と思ってもみたが、もし、美弥子がほんとうに再婚を望まなかったのなら、断る自由だってあったはずだ。断り切れなかった、という理由もある。どちらであっても事は動きだし、今自分が存在している。今さら過去に戻って悩まれても困るのだ。そんな思いもこめて多佳は言った。

「……そうだ。今の言葉は撤回する。美弥子さんがあなたを多喜枝さんに『育てて欲しい』と頼んだのは、私たちに与えられた小さな命を大切に思ったからなんだと、あなたに会っていて気が付いた。ありがとう」

佐久に笑顔が戻った。

「私の方こそ、ありがとうございます。私を思い出して、鈴木先生ご夫妻にお話しくださって」

「一度も忘れたことなんかないよ」

多佳は黙って佐久の手を撫でた。血管の浮き出た手の甲が、自分に似ている、と思った。武次や多喜枝と、手の形も、骨格や容貌もあまり似ていないことを気にとめたこともなかった。育ての両親のも、実の両親のも、祖父母たちの顔を知らないが、隔世遺伝くらいにしか考えていなかった。佐久と同じ血が自分の中に流れているのが不思議だった。

「お父さん、賛美歌を歌ってもいいですか」

話すことがなくなって、多佳は思いついたことを口にした。お父さん、とすんなり出てきたことに多佳は驚いた。佐久は微笑んで頷いた。多佳の口から自然に出てきたのは、ジョセフ・スクラーヴィンの『いつくしみ深き』だった。楽譜を見ないで歌える賛美歌はこの曲しかなかったからでもある。婚約者を水の事故で失ったスクラーヴィンが詠んだ詩は、絶望のどん底にあるはずなのだが、歌っているうちに希望の光も見えるような気が、多佳はいつもするのだった。スクラーヴィンが住んでいた場所も、このトロントからのどこかにあるはずだった。

多佳は身をかがめて、ピアニッシモに近い小さな声で歌った。佐久は目を閉じて聞いていた。歌い終わると、後ろで聞いていたジョシュ－が手を叩いた。

「美弥子さんに、声も顔立ちも似ているね」

佐久が感慨深げに言った。

「少しでも美弥子さんというお母さんに似ているなら嬉しいです」

肉親の情が、多佳の体を駆け巡った。

## 参考文献

『アジアのキリスト者とともに』（太田和功一著、いのちのことば社）
『正義がわれを呼ぶとき』（朴永昌、新教出版社）
『三・一独立運動と堤岩里事件』（小笠原亮一、カン信範その他共著、日本キリスト教団出版局）
『醜い日本人』（金容雲、三一新書）
『従軍慰安婦（正編）』（千田夏光、三一新書）
『戦責謝罪告白ツアー資料集』（関西超教派クリスチャン戦争罪責告白者委員会）
『従軍慰安婦』（吉見義明著、岩波新書）
『韓国併合』（海野福寿著、岩波新書）
『韓国併合への道』（呉善花著、文春新書）

著者／谷本　多美子（たにもと・たみこ）

福島県南相馬市（旧相馬郡）に生まれる。会社員、幼稚園教諭を経て執筆活動に入る。

2003年10月から2004年10月までリバイバル新聞に小説『冬ざれの後に』を連載。第26回新風舎出版賞奨励賞受賞。

日本文藝家協会会員、日本ペンクラブ会員。

主な著書に『相続人』『邪教の棲む国』『パンドラの壺』『ミシシッピ川を越えて』『冬の彩色』（叢文社）他。

チンダーレ

発行　二〇一八年一二月一四日　初版第一刷

著　者　谷本多美子
発行人　伊藤　太文
発行元　株式会社叢文社
〒一一二―〇〇一四
東京都文京区関口一―四七―一二江戸川橋ビル
電　話　〇三（三五一三）五二八五
ＦＡＸ　〇三（三五一三）五二八六

印刷・製本　モリモト印刷

定価はカバーに表示してあります。
乱丁、落丁についてはお取り替えいたします。


2018 Printed in Japan.
ISBN978-4-7947-0789-5

## 相続人

人間とはかくも悲しいものなり。相続をめぐって展開する人間ドラマ。珍妙矮小に変質した現代の男と女―。年の離れた夫が公証人に依頼し、残してくれた遺言書には思わぬ欠陥があった。先妻の子も絡み、事態は予想外の方向へ―。悲しみと同時に訪れる手続きの嵐―。他二篇収録。

一九九八年刊行

# 邪教の棲む家

邪教に息子を奪われ、財産を奪われ、家庭を壊された主婦が「勇気と知恵」で決然と立ち向かい、洗脳からの脱出に成功した救世の実録小説―社会派女流作家の清冽な一石。にんげんの一生は苦悩との戦い。正しい宗教は救済をはかり、邪教はつけ込んで喰いものにする。正邪の識別のポイントは？邪教に狂った信徒の目をいかにして覚ますか。

一九九九年刊行

# パンドラの壺

私たちはすぐ盲信する…宗教にも思想にも国家にも学説にも…そして同じ大怪我を何度でも繰り返す…何故？　自らの深刻な被害体験をもとに、邪教と文明の本質に迫る待望の社会派文学。

二〇〇三年刊行

## ミシシッピ川を越えて

一番大事なものを捨て、どうでもよいものを握りしめていた愚かな母親。それが私でした。家庭崩壊の傷心を抱いてアメリカに渡った麻子は、人が悲しんでいるとき一緒に悲しみ二人が喜んでいるとき一緒に喜ぶ、おおらかな人々の真情に囲まれて初めて気づく。私は心の扉を中から閉じていた。だから一番大事なものの姿が見えなかった―。あなたをほんとうに賢い母親に変える感動のドラマ。

二〇〇四年刊行

# 冬の彩色

戦争から帰ってきた父にも倉本にも言ってほしくないことがある。すべては戦争のせいだ、と。戦争が人生観を変えてしまうほどの経験であったとしても、その後の生き方を決めたのは、父の、倉本の意志なのだから。偶然出会った男が、戦争から帰ってきて歩んだ道程を、すべて受入れたとき、女は男を信じることができた。離婚夫婦の背景…「自己中心型」家族の幸せとは何かを問う―。

二〇〇八年刊行